dtv

W0472934

Schluss mit der rosaroten Scheinwelt der Horoskope! Nur unser eigenes Sternzeichen ist klug, warmherzig und sensibel. Leider gibt es noch elf andere. Dieses Buch enthüllt ihre pannenreiche Wirklichkeit. Mit frechem Witz erklärt Dietmar Bittrich bei jedem Zeichen, warum es im Beruf floppt, in der Partnerschaft schwer zu ertragen und in der Freizeit kaum genießbar ist. Außerdem verrät er, wie man die einzelnen Sternzeichen ködert, ärgert, los wird und beerbt.

Dietmar Bittrich lebt als Autor in Hamburg und schrieb mehrere Bestseller, darunter »Das Gummibärchen-Orakel« und »Böse Sprüche für jeden Tag« (dtv 20676).

DIETMAR BITTRICH

Böse Sterne

Die Wahrheit über die 12 Zeichen

Mit Illustrationen von
Thomas August Günther

Deutscher Taschenbuch Verlag

Von Dietmar Bittrich sind im
Deutschen Taschenbuch Verlag u. a. erschienen:
Böse Sprüche für jeden Tag (20676)
Böse Sprüche für Sie & Ihn (20761)
Wie man sich und anderen das Leben schwer macht (20951)
Der bitterböse Weihnachtsmann (21027)
Das Osterkomplott (21126)
Einschlafbuch für Hochbegabte (21267)
Wie man die geniale Hochzeitsrede hält (21369)
Einschlafbuch für Wutbürger (34716)
Engel, die durchs Zimmer fliegen,
kannst du mit Fliegenklatschen kriegen (34744)

Ausführliche Informationen über
unsere Autoren und Bücher
finden Sie auf unserer Website
www.dtv.de

FSC www.fsc.org
MIX
Papier aus verantwortungsvollen Quellen
FSC® C019821

Originalausgabe 2008
5. Auflage 2013
© Deutscher Taschenbuch Verlag GmbH & Co. KG,
München
Das Werk ist urheberrechtlich geschützt. Sämtliche, auch
auszugsweise Verwertungen bleiben vorbehalten.
Umschlagkonzept: Balk & Brumshagen
Umschlagbilder: Thomas August Günther
Satz: TypoDesign, Würzburg
Druck und Bindung: C. H. Beck, Nördlingen
Gedruckt auf säurefreiem, chlorfrei gebleichtem Papier
Printed in Germany · ISBN 978-3-423-21104-8

Vorsicht!

Schlagen Sie auf keinen Fall die Seiten über Ihr eigenes Sternzeichen auf! Kleben Sie diese Seiten lieber zusammen! Reißen Sie sie ungelesen heraus!

Sie benötigen diese Seiten nicht. Sie wissen längst alles über sich. Oder etwa nicht? Dann lassen Sie mich kurz zusammenfassen: Ihr Sternzeichen ist attraktiv, charmant, intelligent, humorvoll, warmherzig und sensibel. Mein Sternzeichen, das Zeichen des Autors, ist es ebenfalls. Ja, haben wir womöglich dasselbe Zeichen?

Na wunderbar. Dann können wir offen reden. Sie und ich verfügen über reichlich Verstand und Geist und haben zugleich einen ungewöhnlichen Reichtum an Gefühlen. Wir glänzen mit Witz und gelegentlich einer frechen Zunge – und sind doch zutiefst teilnehmend und verständnisvoll. Eine rasche Auffassungsgabe paart sich bei uns mit Herzenswärme und einer sicheren Intuition. Wir sind locker, großzügig und tolerant, können aber auch klare Grenzen setzen, wo es angebracht ist.

Wahrlich, es wäre besser um diese Welt bestellt, wenn mehr Leute so denken und fühlen würden wie Sie und ich! Und vielleicht wird es eines fernen Tages so weit sein. Doch bis dahin gilt: Wo viel Licht ist, ist auch viel Schatten. Außer unserem eigenen begnadeten Sternzeichen gibt es noch elf weitere. Und um die ist es leider weniger gut bestellt.

Die Begabungen sind nun mal nicht gleich verteilt. Trotzdem müssen wir irgendwie zurechtkommen mit diesen anderen Zeichen. Vielleicht sind wir sogar mit einem davon liiert! Womöglich in eines verliebt? Höchstwahrscheinlich sind wir mit dem einen oder anderen verwandt! Es ließ sich nicht vermeiden. Und wiederum einem anderen Sternzeichen, leider einem besonders scheußlichen, gehört unser Nachbar an.

Was tun wir mit all diesen beklagenswerten anderen? Reicht es, dass sie etwas von unserem Glanz abbekommen?

Leider nicht immer. Manchmal ist es nötig, dass wir sie in die Schranken weisen. Dass wir ihnen die Wahrheit sagen. Und das geht am einfachsten, indem wir das entsprechende Kapitel aus diesem Buch heraussuchen. Wir lesen es ihnen vor, wir mailen es oder stecken es als Kopie in ihren Briefkasten.

Dann ist erst mal Schluss mit lustig bei diesen Leuten. Dann werden sie ganz klein. Dann schrumpfen sie auf ihr reales Format. Wenn sie gar zu geknickt sind, können wir ihnen tröstend auf die Schulter klopfen. Denn wir sind ja nicht so.

Wie sind wir denn? Ach so, ja. Das können wir jetzt doch mal nachlesen. Riskieren wir es: Das Kapitel über unser eigenes geniales Zeichen!

Widder

21. 3.–20. 4.

Warum wir Sie mögen

Sie sind das einfältigste Wesen im ganzen Tierkreis. Das naivste, das schlichteste, das direkteste Wesen. Jeder weiß, woran er bei Ihnen ist. Denn das Leben ist einfach. Schon deshalb, weil Sie meistens nicht da sind. Ja, das dürfen wir vielleicht verraten: Das Leben, wenn Sie nicht da sind, ist ein Genuss.

Eigentlich schade, dass Sie das nie miterleben: Dieses Aufatmen, wenn Sie gegangen sind. Diese Entspannung, wenn die Tür sich hinter Ihnen schließt. Einer der Gäste muss rasch ans Fenster huschen: Geht unser Widderchen wirklich? Ist es schon auf der Straße? Bereits um die Ecke gebogen? Na dann los!

Nun kann es gemütlich werden. Nun werden die guten Flaschen aus dem Keller geholt, die edlen Raritäten hereingefahren, die Delikatessen aufgetischt. Nach Ihnen beginnt das Fest. Trösten Sie sich: Sie könnten all die Kostbarkeiten nicht würdigen. Sie schlingen ja alles Essbare und Trinkbare sekundenschnell herunter. Zum Genießen sind Sie einfach nicht geeignet. Klappt nicht. Nach wenigen Minuten wissen Sie schon nicht mehr, was Sie eben runtergegurgelt haben. Mit Ihren Affären ist es ähnlich, aber dazu später.

Am liebsten haben wir Sie, wenn Sie zu etwas atemberaubend Neuem aufbrechen, zu irgendeinem Abenteuer, auf eine sensationelle Expedition, von der Sie lange nicht zurückkehren. Ab und zu checken wir im Web, wo Sie sich gerade befinden: Ah, weit weg! Und dann machen wir uns eine schöne Zeit. Ganz entspannt. Denn entspannen können Sie nicht. Sie wüssten nicht, wie. Da fehlt Ihnen ein Gen. Gelegentlich, wenn Sie rot im Gesicht werden, bellen Sie einen Satz wie: »Da kann ich aber sehr ungemütlich werden!« Aber Sie brauchen nicht erst ungemütlich zu werden. Sie sind es schon. Von Natur aus. Ungemütlich werden Sie immer sein.

Bei Ihnen hat alles Knallfrosch-Qualität. Piff, paff, fertig. Manchmal noch ein nasses Puff. Das war's. Die Luft ist raus, Ihr Feuerchen verkokelt. Und so geht es immer. Sie begeistern sich hysterisch, fangen an mit viel Tamtam, alle sollen zusehen. Sie kommen sich oberdynamisch und mitreißend vor, das geht voll ab, Leute! Und dann, na ja, räusper, dann wird es mühsam. Dann möchten Sie gerne, dass jemand anderer weitermacht. Sie würden inzwischen ganz gern was anderes beginnen.

Sportlich wurden Widder früher im Staffellauf eingesetzt. Leider schafften sie es selten bis zum ersten Übergabepunkt. Sie wollten das Staffelholz am liebsten kurz nach dem Start gleich wieder abgeben. Wie Sie. Genau genommen möchten Sie immer nur starten.

Okay. Können Sie ja. Sollen Sie doch. Sie haben nun mal diese schnell verpuffende Anfangsenergie. Mit der haben Sie bereits als Kind Ihre Mutter genervt. Sie waren laut. Waren ungeduldig. Waren fordernd. Dass Sie überhaupt klein waren, haben Sie als persönliche Beleidigung empfunden. Deshalb haben Sie sich großspurig vom Wickeltisch gerollt und sind prompt mit dem Hinterkopf auf die Fliesen geknallt. Viele erklären sich Ihre bezaubernde Beschränktheit daher.

Sie haben sich bei der ersten Ausfahrt aus der Karre geworfen und sind am Baum gelandet oder in dem weichen Klecks darunter. Sind bei Ihren ersten Schritten gegen die Tür gesemmelt. Mit Ihrem ersten Ball haben Sie das Küchenfenster zerlegt. Mit dem ersten Dreirad sieben Autos zerschrammt. Von Ihrem ersten Motorrad wollen wir erst gar nicht reden.

An all dem hat sich nichts geändert. Ihr kopfloses Geholze ist kein bisschen sensibler geworden. Sie sind immer noch der kleine Berserker, vor dem Vögel, Katzen und kleine Hunde Reißaus nahmen. Es ist, als ob Funken aus Ihrem Schädel sprühten. Als würde dauernd eine Zündschnur brennen. Als könnten Sie gleich explodieren. Was Sie wollen, müssen Sie sofort kriegen. Selbst wenn Sie dafür grob werden müssen.

Wundert es Sie, dass der Sicherheitsrat der Vereinten Nationen offiziell vor dem Sternzeichen Widder warnen wollte? Weil die Mehrheit der Mitglieder die Ansicht vertrat, die Menschen müssten geschützt werden vor den Widdern, diesen ewig gereizten Kriegern und Streithammeln?

Und wissen Sie, wer sich dann für Ihre Rechte eingesetzt hat? Wir. Ja, genau. Sehen Sie uns an. Wir haben Verständnis für Ihre krakeelende Unreife. Für Ihren heißen Dampf. Für Ihr Gebrause, wenn Sie sich zurückgesetzt fühlen. Wir finden, Leute wie Sie gehören in die Welt – Leute, die Spaß an der Rivalität haben und das Kriegsbeil ausbuddeln, das Feiglinge vergraben haben. Leute, die ungeschminkt cholerisch, intolerant und rücksichtslos sind. Die ihren Egoismus nicht ängstlich verheimlichen, sondern offen vor sich hertragen.

Solche Leute gehören in die Welt, und damit meinen wir: in die weite Welt. In die Welt da draußen. Sie erwähnten doch vorhin, Sie wollten bald aufbrechen auf eine abenteuerliche Reise? Hätten Sie nicht Lust, das jetzt und sofort zu tun? Ach bitte! Den Rest schicken wir Ihnen per Mail.

Ihr sicherer Weg zum Liebeskummer

Einer der berühmtesten Widder war Giacomo Casanova. Er war gebildeter als Sie. Er konnte glänzend schreiben. Seine Memoiren sind bis heute die anschaulichste Schilderung seiner Epoche. Aber Sie wissen, wofür er berühmt war und ist: dafür, dass er nach kürzester Zeit die Nase voll hatte von seinen Liebespartnern. In der Nacht noch scharf geflüstert, am nächsten Morgen weitergereist. Selbst wenn Sie nicht über die gleiche Verführungskunst verfügen, nicht über des Meisters Geist, Witz und Charme, etwas haben Sie doch mit ihm gemein: das geringe Durchhaltevermögen.

Sie sind ungeeignet für Partnerschaften. Dass da jemand ist, der Ansprüche anmeldet, der Zärtlichkeiten wünscht, teilhaben möchte, der sich gelegentlich sogar beklagt, das stört Sie enorm. Dass Sie sich um jemanden kümmern sollen, das raubt Ihnen die Geduld. Sie haben einfach nicht die Kraft, irgendwo länger zu verweilen. Schon gar nicht bei einem anderen Menschen. Eine zappelige Unruhe treibt sie weiter. Sie wollen unterwegs sein. Eine längere Bindung klingt für Sie wie ein Haftbefehl.

Natürlich verlieben Sie sich. Sie mögen das Knistern. Dass da jemand ist, den Sie begehren, aber nicht gleich haben können: Das finden Sie aufregend. Dieses Prickeln. Diese kitzlige Spannung. Das ist und bleibt für Sie die einzige Liebe: die Phase der Werbung und Eroberung. Das kurze Abenteuer.

Danach lässt das Prickeln radikal nach. Das ist bei jedem so. Aber bei Ihnen geht es grausam schnell. Sie sind eine Sektflasche, die in der Sonne gelegen hat und vor dem Öffnen geschüttelt wurde. Knallen, Sprühen, Schäumen. Aus. Da kommt nichts mehr. Flasche leer.

Andere Liebende lassen sich in tiefere Gefühle sinken. Das geht bei Ihnen nicht. Erstens, weil Sie tiefere Gefühle für störend halten. Zweitens, weil Sie Angst haben, in die Verantwortung genommen zu werden. Könnte ja sein, dass sich jemand mit Ihnen unterhalten will. Das finden Sie schon zu kompliziert. Sie wollen einfach nur was Stürmisches erleben, ein bisschen fechten und schreien und schwitzen und dann abhauen.

Ihre Partner haben wenig Sympathie für Ihre Fluchtinstinkte. Die sehen, dass Ihr Gefasel von Respekt und Freiheit nur Ihre Pflichtscheu bemänteln soll. Die finden es pubertär, dass Sie ein Leben als Lara Croft oder James Bond führen wollen. Die halten es glatt für möglich, dass Sie ein verantwortungsvoller Gefährte wären. Womöglich mit Urkunde und Ring.

Aber das ist unmöglich. Für etwas Bleibendes sind Sie nicht geschaffen. Sie werden nie über die Pubertät hinauskommen. Von zu Hause wegzulaufen, bleibt für Sie das Abenteuer Ihres Lebens. Sie werden noch im Altersheim ausbüchsen und wie Hänschen klein in die Welt ziehen. Ganz allein. Und solange ein Partner Sie binden will, lassen Sie sich auf Affären ein, nur um das Gefühl der Unabhängigkeit zu wahren. Super Trick!

Wenn Sie aus Krankheitsgründen länger in einer Partnerschaft verweilen, stellt sich eine Art Pfadfindergemeinschaft ein. Die Zweisamkeit wird zur rumpeligen Kameradschaft. Den erotischen Thrill holen Sie sich anderswo. Es hat wenig Zweck, dass Ihr Partner Ihnen Egoismus vorwirft oder an Anstand und Moral appelliert. Sie sind das letzte Wesen im Universum, das sich an freundliche Umgangsformen gewöhnt. Aufbegehrende Partner versuchen Sie eine Weile zu beschwichtigen. Dann trennen Sie sich mit Krawall.

Es ist einfach nichts mit Ihnen und der Liebe. Sie leiden selbst darunter, können aber nichts ändern. Ein Instinkt aus Ihrer großen Zeit bei den Amazonen oder im Neandertal hindert Sie immer noch an jeder Partnerschaft. Sie haben keine Lust, andere zu respektieren. Sie wollen sich durchsetzen. Sie wollen keine Gleichheit. Sie wollen kämpfen und gewinnen. Friedliche Menschen lösen Juckreiz und Pickel bei Ihnen aus.

Und obwohl Ihnen alle Therapeuten und Ratgeberbücher das Gegenteil beizubringen versuchen – Sie hegen ein tiefes Misstrauen gegen Zärtlichkeiten. Dieses Weiche liegt Ihnen nicht, dieses Gefühlige, Anlehnende, Schwache. Dass Sie sich mal nachgiebig zeigen – ja, das kommt vor. Aber Geschmuse lassen Sie sich nicht gefallen. So etwas nehmen Sie allenfalls vorübergehend in Kauf.

Sie sind ein Typ für One-Night-Stands und weiter nichts. Rücksicht, Teilen, gleiche Rechte – solche verbrauchten Ideale interessieren Sie nicht. Es kann nur eine Nummer eins geben, und das sind Sie. Eine Nummer zwei oder drei gibt es nicht. Der Rest ist Kriegsbeute.

Wer also Kummer erleben will, ist bei Ihnen bestens aufgehoben. Wer verletzt werden möchte, Opfer sein will, wer Liebe ohnehin für unmöglich gehalten hat: der ist bei Ihnen an der richtigen Adresse.

Und Sie machen einfach weiter so und hinterlassen Ihre Spur aus Blut und Tränen, ja? Und wenn Sie nicht mehr können, schreiben Sie Ihre Memoiren und schicken uns die schärfsten Stellen, okay?

So schaffen Sie den beruflichen Abstieg

Sie könnten an vielen Orten glücklich werden. Und werden es nirgends. Jobmäßig sind Sie in jeder Branche richtig. Und landen doch immer falsch. Überall will ein Trottel Ihnen Vorschriften machen. Wenn kein Chef da ist, gibt es einen Gesetzgeber. Immer will Ihnen jemand sagen, was Sie machen sollen.

Das ist nicht Ihr Ding. Sie schaffen sich Ihre Gesetze selbst. Sie sind – ob Frau oder Mann – noch ganz der rar gewordene Lucky-Luke-Typ, der es im Alleingang gegen alle Schwächlinge aufnimmt, Nuggets aus dem Fluss schürft, Rivalen im Duell erlegt, eine Liebschaft in der Saloontür abwickelt und dann in den Sonnenuntergang reitet.

Das ist heute nur noch schwer hinzukriegen. Aber Sie schaffen es. Und Sie können sich gar nicht vorstellen, wie froh alle sind, wenn Sie in den Sonnenuntergang reiten.

Sie verfügen weder über Taktgefühl noch merken Sie, wann Sie sich blamieren. Nicht weil Sie selbstbewusst sind, sondern weil Sie überhaupt nicht bewusst sind. Sie sind einfach unsensibel. Und das ist gut! Deshalb kommen Sie anfangs weiter als all die Leute, die auf gutes Benehmen Wert legen oder sogar Rücksicht nehmen.

Was diese Leute bei Ihnen für Unverfrorenheit halten, ist allerdings eher Naivität. Sie sind leichtsinnig nicht aus Mut, sondern weil Sie nicht in der Lage sind, Risiken zu berechnen. Sie haben eine liebenswert katastrophale Art, untaktisch den direkten Weg zu gehen, besonders wenn da ein offenes Messer glänzt.

Sie kommen also voran und kriegen sofort eins auf die Mütze. Sie steigen auf und knallen gleich wieder runter. Sie verdienen eine Menge Geld und verlieren anschließend noch mehr. Sie haben Erfolg mit Ihrem Geschäft und ruinieren es bald danach. Dafür machen Sie nebenan das nächste auf. Über Insolvenzen, vor allem über die betrügerischen Varianten, wissen Sie früher Bescheid als jeder Ihrer Altersgenossen.

Auf sympathische Weise bleiben Sie unreif und gedankenlos. Im reifen Alter werden Sie deshalb höchstwahrscheinlich auf die Gnade von Freunden und seufzenden Verwandten angewiesen sein. Die haben es schon früh kommen sehen, aber mit Ihnen war ja kein vernünftiges Wort zu wechseln. Sie haben also partout nichts zurückgelegt. Sicherheit, Notgroschen, Altersvorsorge sind Begriffe aus einer Welt, zu der Sie keinen Zugang haben. Übrigens ging das Ihrem Kumpel Casanova genau so. Er hatte im Alter Haare, Zähne und Reichtum eingebüßt und wurde von einem Mäzen aufgenommen. Auf dessen Schloss durfte er die Bibliothek ordnen, bis er in die Demenz driftete.

Na, das hat ja noch zwei, drei Jahre Zeit bei Ihnen. Vorher werden Sie noch den einen oder anderen Totalbankrott schaffen. Und falls wir nicht gerade Ihre Teilhaber oder Geschäftspartner sind, werden wir uns darüber bestens amüsieren.

Lassen Sie uns schon mal überlegen: Wo könnten Sie die spektakulärste Pleite hinlegen? An der Spitze einer Großbank? Wäre schön. Aber Sie haben nicht die Geduld, sich durch die Gremien nach oben zu sitzen. Sie müssen eine schnelle Truppe befehligen.

Wären Sie beim Bundesgrenzschutz richtig? Als Anführer der Hundestaffel? Oder bei der Feuerwehr? Alle großen Brandstifter waren ja Feuerwehrleute – und vom Sternzeichen Widder. Das klingt nach einer idealen Laufbahn. Sie könnten den Brand legen, gleich danach löschen und anschließend darüber im Fernsehen berichten. Am Ende bekämen Sie einen Orden.

Wären Sie in weniger pazifistischen Zeiten geboren worden, hätten Sie sich in die Fremdenlegion melden oder als Söldner verdingen können. Sie hätten völlig legal auf andere Leute schießen dürfen, nicht nur, wie Sie es jetzt tun, virtuell am Bildschirm. Sie müssen einfach kämpfen. Sie wissen doch, dass die Amazonen Widderhörner als Symbol trugen?

Also einen Stamm kampfbereiter Heldinnen oder Helden anzuführen – das wäre Ihr Ding. Wo, außer bei den Pfadfindern, gibt es ihn noch? Für Sie ist es ein Jammer, dass die Zeit der großen Führer vorüber ist. Wir sind froh. Aber Sie wären einer! Sie sind einer.

Aber jetzt haben Sie schon zu lange zugehört. Sie brauchen Action, Wirbel, Heldentaten. Ab ins Dschungel-Camp mit Ihnen! Wenn Sie eine Frau sind, kicken Sie die weichlichen Männer raus, und würgen Sie die Schlangen im Alleingang. Sie wollen keine Kakerlaken zum Abendessen? Spurten Sie wenigstens zum Aikido oder ins Fechtstudio. Sie müssen fighten.

Hier ist noch was! Kämpfen Sie sich vor bis zu den letzten Steinzeitvölkern im Dschungel. Sie wissen doch: diejenigen, die mit Pfeil und Bogen auf Hubschrauber schießen. Da wären Sie richtig. Wie lange? Na, uns reicht es bis ans Lebensende, wenn Sie eine Postkarte schreiben.

So können wir Sie ködern und beerben

Indem wir Sie nach Ihren Abenteuern fragen.
Indem wir behaupten, Sie seien ritterlich.
Indem wir beteuern, dass niemand vor Ihnen sich das getraut hat.
Indem wir Sie bitten, unser Anführer zu werden.
Indem wir Abenteuerfilme mit Ihnen ansehen.
Indem wir Sie fragen, woher Sie Ihre Narben haben.

Indem wir Sie auf dem Abenteuerspielplatz abgeben.
Indem wir die Bestzeit stoppen, in der Sie die kurvenreiche Allee hinter sich bringen.
Tipp für Erben: Widder verschleudern alles. Beizeiten die Vermögensverwaltung übernehmen.

Häufige Todesarten

Versehentlich oder absichtlich bei der Jagd erschossen.
Gegen die Wand gesemmelt.
Bei der Atlantiküberquerung verschollen.
Beim Drachenfliegen am Kirchturm aufgespießt.
In eine Gletscherspalte gestürzt.

Ihr Grabspruch

Oops! Schiebt mir sofort einen Luftschlauch runter!

Typische Widder

Otto von Bismarck, Kanzler
Adolf Hitler, Kanzler
Helmut Kohl, Kanzler
Joseph Ratzinger, Papst
Margot Honecker, First Lady
Jean Paul Belmondo, Boxer
Doris Day, Nervensäge
Ayrton Senna, Rennfahrer
Dodi Al Fayed, Schnellfahrer
Sarah Jessica Parker, Edelzicke
Andrea Ypsilanti, Parteiführerin

Stier

21.4.–21.5.

Warum wir Sie mögen

Sie sind so gutmütig, so anhänglich und so zuverlässig, über Sie können wir einfach nichts Böses sagen. Fällt jemandem etwas ein? Nein. Warum Sie in der Schule »Dumpfbacke« genannt wurden, bleibt uns ein Rätsel. Dass Sie von guten Freunden immer wieder als »Schlaffsack« bezeichnet werden, stößt bei uns auf Unverständnis.

Nur weil Sie nicht aus dem Sessel hochkommen, nur weil Sie stur vor sich hinstänkern – ist das ein Grund, solche Worte zu benutzen? Unserer Ansicht nach nicht. Wir finden: Es muss auch Menschen geben, die einfach nicht in die Gänge kommen. Oder nur ganz langsam. Die sich behäbig durchs Leben schieben und in ihrem trägen Genuss nicht gestört werden wollen.

Es muss Menschen geben, die sich irgendwohin pflanzen und Wurzeln schlagen. Die beim Fernsehen ins Sofa sinken, Slow Food mampfen, etwas Schweres schlürfen und ansonsten niemandem etwas zu Leide tun. Ist das verwerflich? Wir finden es sympathisch. Und wenn Sie anschließend urgemütlich die Hände überm Bauch falten und einnicken – das ist nun vollends liebenswert!

Warum soll jeder Mensch flexibel und offen für Neues sein? Es ist eine Bereicherung für diese hektische Welt, wenn jemand dickfellig seine einmal eingeschlagene Richtung beibehält, egal was kommt, und sich unablenkbar weiterwälzt. Wir halten es für ermutigend, wenn jemand mal nicht dem Neuen nachjagt, sondern das Abgestandene, Alte, Ranzige aufbewahrt.

Man riecht es gleich, wenn man in Ihre Wohnung kommt. Hier lebt ein Mensch, der sorgsam die Tradition pflegt. Der die alte Luft gewissenhaft zu Ende atmet, bevor er das Fenster öffnet und zwei Kubikzentimeter neue einlässt. Der reifen Käse liebt. Der noch die unverdaulichen Rezepte seiner Mutter nachkocht und die gestärkte elterliche Unterwäsche aufträgt.

Sie gehören zu den wenigen Personen, die die Vergangenheit zu schätzen wissen. Sie bewahren all die alten Briefe auf und die Armbänder und Haarschleifen und natürlich die Fotos. Ach, übrigens, haben Sie die Dias Ihrer Eltern inzwischen eingescannt? Oder wartet da noch eine erfüllende Arbeit? In den alten Bildern sind die Ruhe und das Tempo einer beschaulicheren Zeit festgehalten.

Da schwebt eine Aura von Stillstand und Unbeweglichkeit – darin können Sie sich wiederfinden. Das ist Liebe.

Unsensible Leute behaupten, Sie klebten an alten Geschichten und kämen von der Vergangenheit nicht los. Na und? Warum sollten Sie? Im Altbekannten, Vertrauten liegt so viel Sicherheit. Im ewig Gestrigen verbergen sich ungehobene Schätze. Diese Schätze heben Sie, diese Schätze hüten Sie. Die vermehren Sie sogar. Ihrer Sammlung modernder Antiquitäten fügen Sie immer neue alte Fundsachen hinzu, stockfleckige Bücher und kostbare Gedenkstücke mit dem authentischen Aroma feuchter Verliese.

Ihre Wohnung soll mittlerweile ganz oben stehen auf der Liste des Weltkulturerbes, als Museum und Trutzburg. Sie werden diesen Status hoffentlich nicht gefährden, indem Sie irgendwelche Veränderungen vornehmen? Nein, ganz sicher nicht.

Sagen Sie – verreisen Sie eigentlich noch, oder bleiben Sie jetzt endgültig zu Hause? Schon die Klassenfahrten früher haben Ihnen immer schlaflose Nächte bereitet. Damals schon benötigten Sie das Neue und Ungewohnte nicht. Heute wollen Sie erst recht keine Veränderung. Zu Hause erholen Sie sich am besten. Da haben Sie Ihren eigenen Kühlschrank, einen eigenen Herd. Sie wissen, wo Sie die Lebensmittel kaufen können, die Sie immer essen. Da müssen Sie sich nicht umstellen.

Wie bitte? Sie haben wagemutig, ja, geradezu leichtsinnig eine Reise geplant? Und wohin? Ach, richtig. Sie fahren ja immer an denselben Ort. Das hat sich bewährt. Oder, damit man Ihnen keine Einfallslosigkeit vorwirft, an einen der drei Orte, an denen man Sie in den Pensionen schon seit Jahren mit Namen kennt. Da sind Sie wer, da fordert man nichts Unzumutbares, da sind Sie willkommen.

Es ist aber doch nicht das Altersheim, von dem Sie neulich mit verklärtem Blick geredet haben, oder? Beinahe? So eine Art Kurort? Also, jetzt mal nur unter uns: Sind Sie eigentlich schon pensioniert? Oder sehen Sie nur so aus? Sie haben diesen abgeklärten Blick, den eigentlich nur Menschen mit mehr als sechzig Altersringen um den Bauch aufsetzen dürfen.

Sie aber auch. Wir mögen diesen Habitus. Er bringt ein Element der Schlafmützigkeit in diese allzu wache Welt. Ach, übrigens: Sammeltassen und Loks haben Sie bereits ausreichend. Besitzen Sie auch schon eine Schlafmütze? Mit Zipfel? Na, da wissen wir ja, wie wir Sie beschenken können, Sie Glückspilz!

Ihr sicherer Weg zum Liebeskummer

So. Dass Sie liebenswert sind, haben wir hinreichend zum Ausdruck gebracht. Jetzt die bange Frage: Warum sehen andere Menschen das nicht ein? Warum haben Sie immer wieder Kummer? Warum macht man Ihnen das Herz schwer? Weil das Blut in Ihren Adern langsamer fließt?

Kann schon sein. Vielleicht verlieben Sie sich gerade

deshalb in flatterhafte Wesen. Sie fallen immer wieder auf Gaukler, Luftikusse, Windhunde rein. Auf Leute, die mit Ihrem Herzen jonglieren. Sie erhoffen sich einen Hauch dieser Leichtigkeit. Und in dieser Hoffnung versäumen Sie die Qualitätsprüfung, ohne die Sie sich sonst auf nichts einlassen.

Ist das ein Fehler? Nein. Es ist eine Notwendigkeit, entstanden aus der schlichten Tatsache, dass alle anderen Zeichen leichtgängiger sind als Sie. Ihr eigenes Zeichen reizt Sie nicht. Sie können sich nur in jemanden verlieben, der wendiger, leichtfüßiger, flüchtiger ist. Wir müssen Ihnen den Weg zum Liebeskummer nicht erst weisen. Sie gehen Ihnen mit schweren Füßen allein.

Aber zusehen dürfen wir, ja? Nur damit wir Spaß haben? Eigentlich mögen Sie keine Zuschauer. Aber für uns machen Sie eine Ausnahme, weil wir Sie heute schon mehrfach gelobt haben. Und da machen wir gleich weiter: Sie sind ein sinnliches Wesen. So wie Sie essen, so lieben Sie auch. Was soll das heißen? Dass Sie beim Küssen schmatzen? Und im Bett gleich danach einschlafen? Kommt vor. Häufig schlafen Sie sogar vorher ein.

Vor allem wollen Sie die Liebe wie Ihre kulinarischen Leckerbissen sehen, riechen, schmecken. Langsam und genießerisch. Am besten in einem weichen Himmelbett. Mit Ausblick auf die Schweizer Bergwelt oder auf fruchtbare Milch- und Sahne-Landschaften.

Schon mal erlebt? Nein? Werden Sie auch kaum erleben. Weil die anderen Zeichen nicht so sinnlich sind wie

Sie. Es gibt nicht viele Streichler und Schwelger, Kuschler und Koser unter den Sternzeichen. Die meisten geben sich bei diesen Künsten anfangs Mühe, in der Werbephase, dann lassen sie nach. Während Ihre Sinnlichkeit weiter zunimmt im Laufe der Jahre, immer parallel zu Ihrem zulässigen Gesamtgewicht.

Grausam, aber wahr: Ausgerechnet Sie mit Ihrer stubenwarmen Erotik, mit Ihrer sahnigen Körperlichkeit, Sie werden nie ebenbürtig geliebt. Oder sagen wir: selten. Nicht so häufig, wie Sie es verdient haben.

Aber nun müssen wir der Fairness halber auch sagen: Sie können extrem nerven. Sie sind ja nicht nur charmant und treu und sinnlich. Sie sind auch unbeweglich, stur und verfressen. Ja, vielleicht ist das sogar vorrangig. Beim letzten Weight-Watcher-Treffen haben Sie behauptet, Sie äßen mal aus Frust und mal aus Lust. »Und das ist auch gut so«, haben Sie angefügt.

Denn Sie halten Ihren Weg für den einzigen und besten. Sie sind bereit, Ihren Partner zu verwöhnen. Aber nur nach Ihren eigenen Gesetzen. Sie streicheln ihn nicht, wann und wo er will, sondern wann und wo Sie wollen. Sie tischen ihm das auf, was Ihnen schmeckt. Sie schaffen ihm ein Ambiente, das Ihnen gefällt. Sie bauen ihm ein Nest, in dem Sie sich wohlfühlen.

Sie bitten ihn um seine Meinung. Sie fragen ihn nach seinen Wünschen. Was er antwortet, spielt keine Rolle. Sie machen es so, wie es richtig ist. Und richtig ist es, wie Sie es wollen. Kann gar nicht anders sein. Die ganze Schöpfung funktioniert nach Ihren Richtlinien. Und da soll Ihr Partner eine Ausnahme bilden? Das wäre doch gelacht.

Ist aber so. Ihre Partner sind die Ausnahmen von den Regeln, nach denen Sie leben. Und das geht ganz schwer rein in Ihren quadratischen Schädel. Die können Sie nicht hinbiegen, Ihre Partner. Die hauen irgendwann ab. Schon gemerkt? Die wünschen Ihnen alles Gute und schließen leise die Tür.

Und Sie leiden. Nichts fällt Ihnen schwerer als Abschied zu nehmen. Sie haben sich noch nicht mal von Ihrer Mutter gelöst. Sie wohnen immer noch halb zu Hause. Sie hassen Neuanfänge. Sie hassen Abschiede. Sie hassen Trennungen. Das fühlt sich jedesmal so an, als würde Ihr Selbst mit Stumpf und Stiel und Wurzel herausgerissen.

Und weil das schmerzt, halten Sie fest. Auch wer nicht mehr persönlich anwesend ist, von dem bleiben Erinnerungen. Sie pflegen Ihre früheren Liebschaften. Nicht gerade auf einem Altar. Aber das Erste, was eine Neueroberung in Ihrer Wohnung entdeckt, nachdem er oder sie die Fenster aufgerissen hat, ist ein Foto von dem oder der Ex. Und unserem Neuling schwant schon, dass bald das Vergleichen beginnt – mit einem Idealbild aus der Vergangenheit.

Sie sind nun mal so. Auf Sicherheit aus und gerade deshalb stets gefährdet. Nach Festigkeit sich sehnend und also stets auf schwankendem Boden. Was verlässlich bleibt, sind die Geschichten, die Sie sich selbst erzählen. Mit denen können Sie sich gemütlich einrichten. Und die

Damen und Herren vom Pflegedienst werden sich bestimmt auch sehr dafür interessieren.

So schaffen Sie den beruflichen Abstieg

Sie können gut arbeiten. Das ist schon mehr als man von vielen anderen Zeichen sagen kann. Allerdings haben Sie nur selten Lust dazu. Es soll Leute geben, die springen morgens aus den Federn und freuen sich auf die neuen Herausforderungen des Tages. Das finden Sie unbegreiflich. Abschreckend.

Sie bleiben lieber im Bett. Möglichst lange. Bringt Ihnen jemand das Frühstück? Hoffentlich. Sie freuen sich nicht auf Herausforderungen, schon gar nicht auf neue. Neues ist Ihnen suspekt. Sie möchten, dass alles so weiterläuft. Bereits in der Schule beschlich Sie immer eine vage Furcht bei einem Wechsel des Lehrers oder der Klasse oder gar der Schule.

Und das ist so geblieben. Sie mögen Jobs, in denen sich wenig oder besser gar nichts verändert. Begriffe wie »Restrukturierung«, »Optimierung« oder gar »innovative Konzepte« hören Sie gar nicht gern. Es ist immer ein Stier, der dem Team von der Unternehmensberatung verrät: »Wir sind hier auf unsere Art immer gut zurechtgekommen.«

Das entspricht der Wahrheit. Sie kommen gut zurecht, wenn man Sie nur Ihren Stiebel machen lässt. Ihre Umgebung mag geschlossen in den Nervenzusammenbruch driften, die Firma in die Pleite taumeln, Sie machen so weiter wie gewohnt. Wenn Sie in Ihrem Sessel sitzen, kann nichts passieren. Der Typ, der drei Tage und Nächte hindurch im Großraumbüro vor seinem Bildschirm hockte, bis man ihn anstieß: Mach mal Pause!, und merkte: Der ist ja tot!, das war ein Stier. »Sie hätten doch mitkriegen müssen, dass er sich nicht bewegte!«, tadelte der Arzt. »Der hat sich auch sonst nie bewegt«, wurde ihm erklärt.

Das sind Sie. Nur dass Sie gelegentlich zu einer Pause aufstehen und essen gehen und natürlich Urlaub haben wollen. Aber das Wichtigste ist doch, dass nichts sich verändert. Die Belegschaft soll dieselbe bleiben, höchstens der Störenfried soll weg – obgleich Sie nicht leicht zu stören sind. Die Anforderungen sollen nicht wechseln, allenfalls heruntergeschraubt werden. Sie möchten höflich behandelt und mit Namen angeredet werden. Das Gehalt soll zum Stichtag auf dem Konto eingehen.

Wenn das so ist und so bleibt bis zur Pensionierung, dann fühlen Sie sich wohl. Dann freuen Sie sich auf die Abschiedsurkunde mit der Anstecknadel »hat sich um unser Unternehmen verdient gemacht«. Übrigens, was Sie nie mitbekommen: Nach Ihrem Weggang ist die Luft in der Firma leichter zu atmen. Alle fühlen sich geliftet. Das ganze Gebäude erhebt sich ein paar Zentimeter aus der Erde.

Wissenschaftler erklären das damit, dass Ihr spezifisches Gewicht die gesamte Umgebung runterzieht oder vielmehr niederdrückt. An Bord eines Heißluftballons darf nie mehr als ein Stier sein, wussten Sie das? Auch für

Seilbahnen soll dieses Gesetz jetzt eingeführt werden. So ganz geklärt sind die Ursachen nicht. Fest steht: Stiere, auch die scheinbar leichtgewichtigen, belasten Ihr Umfeld mit einer unbestimmbaren Schwere.

Das ist gut! Mit Ihrer klobigen Aura können Sie manches forsche Unternehmen vor dem Abheben bewahren. Das ist besonders bei jungen Start-ups nützlich, nützlich jedenfalls für deren Konkurrenz. Sie sind in der Lage, neue Konzepte allein durch Ihre dickfellige Präsenz zu Fall zu bringen. Sie brauchen nicht erst Widerstand zu leisten. Wie Sie so dasitzen, ganz Klotz, ganz Stumpfheit, das bringt jede Vision zum Einsturz. Ihre subversive Muffigkeit senkt die Begeisterung von Projektentwicklern auf null. »Mit der können wir das nicht machen«, murmeln die Entwickler, »leider ist sie unkündbar.« Oder er.

Unkündbarkeit ist Ihre Berufung. Streben Sie danach. Von der Selbstständigkeit müssen wir abraten. Es gibt Stier-Geborene, die töpfern recht hübsch und bemalen Bauernschränke und singen. Aber das reicht nicht zu dem abgefederten Leben mit Fettrand, das Sie anstreben. Selbstständigkeit würde eigene Ideen erfordern, würde hinausgehen über das Wiederkäuen von Fernsehnachrichten. Und eigentlich möchten Sie es beim Wiederkäuen belassen. Das Hervorgekaute erscheint Ihnen neu genug, immerhin haben Sie es persönlich eingespeichelt.

Nein, Sie werden kein Risiko eingehen. Bevor Sie sich zu etwas aufraffen, rechnen Sie immer den erforderlichen

Aufwand gegen den Nutzen hoch. In hundert Prozent der Fälle ergibt sich, dass der Aufwand zu groß wäre.

So bleiben Sie also sitzen auf Ihrem Sofa und legen die Beine hoch. Das fördert die Durchblutung. Sie telefonieren in aller Ruhe. Sie engagieren sich für die Natur, indem Sie Ihre Topfpflanzen gießen. Oder Sie sehen sich einen Landschaftsfilm an, finden es schön, dass es noch Äcker gibt und dass Sie sie nicht pflügen müssen, und malen sich aus, was Sie am Abend essen werden.

Schaffen Sie es noch raus auf den Balkon? Dann werden wir uns vielleicht zu Ihnen gesellen. Sie haben ja gern Gesellschaft. Und während Sie uns vorstöhnen, wie stressig das Leben ist, klauen wir Ihnen eine Scheibe Wurst.

So können wir Sie ködern und beerben

Indem wir Ihnen recht geben.
Indem wir Sie in einen Landgasthof begleiten.
Indem wir behaupten, wir wollten Ihre Sammlung sehen.
Indem wir Ihnen neueste Sicherheitstipps von ausgewiesenen Experten verraten.
Indem wir einen Ausflug samt Einkehr mit Ihnen machen.
Indem wir beteuern, wir hätten Sie lieb wie einen Teddybären.
Indem wir Sie qualitätsbewusst nennen und fragen, welche Dinge und Geschäfte Sie empfehlen.
Indem wir Sie häufig mit Ihrem Namen anreden.
Indem wir Ihnen den Nacken massieren.

Tipp für Erben: Stiere benötigen klare Aussagen. »Wenn du mich nicht in deinem Testament bedenkst, bringe ich dir keine Schokolade mehr mit.«

Häufige Todesarten

In der Sonne eingeschlafen.
Beim Studieren der Sicherheitsvorschriften vom Blitz getroffen.
Dem aus dem Sessellift gefallenen Portemonnaie nachgesprungen.
Nach Wurstwettessen geplatzt.
Im Lehnstuhl verkalkt.

Ihr Grabspruch

Aus Sicherheitsgründen geschlossen.

Typische Stiere

August der Starke, dicker König
Honoré de Balzac, dicker Schriftsteller
Orson Welles, dicker Schauspieler
Queen Elisabeth II., sture Königin
Saddam Hussein, sturer Diktator
Joseph Beuys, sturer Volkskünstler
Johannes Paul II., ausdauernder Papst
Rudolf Heß, ausdauernder Nazi
Shirley MacLaine, ausdauernde Pilgerin
Udo Lindenberg, alter Schlaffsack

Zwillinge

22. 5.–21. 6.

Warum wir Sie mögen

Ein Seufzer der Erleichterung! Bei Ihnen müssen wir nicht übervorsichtig sein. Sie können einiges einstecken. Leute, die mit Ihnen befreundet sind, bescheinigen Ihnen Pflegeleichtigkeit. Man müsse nicht dauernd Rücksicht nehmen. Gut zu wissen! Selbst von ausgesuchten Bosheiten würden Sie kaum tangiert werden, heißt es. Na, mal sehen, was wir schaffen.

Sie sind in der Lage, eine Menge Informationen aufzunehmen, aufgeregt weiterzuerzählen und gleich wieder zu vergessen. Nichts bleibt bei Ihnen haften. Eine Lebensweisheit allerdings haben Sie sich mit einiger Mühe merken können. Einen Spruch von Shakespeare oder Schiller oder wie der hieß: Zwei Seelen wohnen, ach, in meiner Brust. Glückwunsch! Und Sie meinen, dieser Geistesblitz von einem Satz gilt für Sie.

Aber er gilt nicht. In Ihrer Brust wohnen keine zwei Seelen. Da wohnt gar nichts. Wo andere Leute eine Seele haben, gähnt bei Ihnen ein Hohlraum. Wo bei anderen ein Herz pocht, wehen zugige Winde durch leere Hallen. Wenn man das Ohr an Ihre Brust hält – dürfen wir mal? –, hört man es pfeifen. Das ist der Wind. Oder kommt das vom Rauchen? Jedenfalls haben Sie dauerhaft auf Durchzug geschaltet. Und wer bei Ihnen ein Herz oder eine Seele sucht, wird fortgeweht – zum eigenen Glück.

Na, wie war das jetzt? Schon ganz gut, nicht? Sie neigen ja dazu, alles witzig zu finden. Oder wenn es nicht witzig ist, rasch einen Scherz darüber zu machen und es ins Lächerliche zu drehen, damit Sie sich darüber mokieren können. Deshalb ist es einerseits lustig mit Ihnen. Und andererseits hält niemand es lange aus. Sie sind der Typ, den man gern ab und zu um sich hat. Aber nie für länger. Wie Goethe schon über den Teufel gesagt hat: »Von Zeit zu Zeit seh ich den Alten gern.«

Von Zeit zu Zeit. Weil es manchmal hilfreich sein kann, wenn jemand Gefühle nicht ernst nimmt und Tragödien verharmlost. Darin sind Sie Meister. Wenn wir echten Liebeskummer haben, machen Sie sich darüber lustig. Wenn wir tief trauern, um einen lieben Freund oder um die Welt als Ganzes, dann geben Sie sich anfangs Mühe, etwas wie Anteilnahme vorzutäuschen. Sie haben gelernt, das gehöre sich so. Aber Sie empfinden nichts dergleichen. Happy sind Sie erst, wenn Sie die Sache kleinreden können. Wenn Sie eine Art Comedy daraus machen können. Na ja, und manchmal ist das für uns sogar heilsam.

Häufig aber auch nicht. Mit Ihrem Hang, alles auf Entertainment-Level zu liften, sind Sie nicht gerade erste Wahl für jemanden, der Rat und Mitgefühl sucht. Nur wer ein bisschen Abstand bekommen will, der könnte richtig sein bei Ihnen. Weil Sie alles im Plauderton bewältigen. Weil Sie immer auf Distanz bleiben. Jetzt auch gerade. Sie versuchen es jedenfalls. Merken Sie's? Nein? Aber wir merken es. Sie versuchen, sich rauszuhalten. In der Zuschauerrolle zu bleiben und ironisch zu lächeln.

Ja! Genau so, wie sie eben gelächelt haben! Und das ist auch völlig in Ordnung. Das finden wir erleichternd. Wir wollen doch nicht von lauter tiefsinnigen und leidenschaftlichen Leuten umgeben sein! Mitgefühl und Warmherzigkeit sind manchmal echt lästig. Da kommt so ein Blech produzierendes Leichtgewicht wie Sie gerade recht.

Was wir auch noch gut finden an Ihnen: Sie hinterlassen keinen bleibenden Eindruck. Man kann gut mit Ihnen auftreten bei irgendeiner Party oder Einladung. Sie werden einiges anreißen, ein bisschen flirten, ein paar witzige Bemerkungen machen, am Altentisch den Entertainer geben, aber dass Sie überhaupt da waren, wird am Ende keiner mehr wissen. Uns hat man in Erinnerung, obwohl wir gar nicht viel gesagt haben. Sie sind nur so durchgeweht.

Woran mag das liegen? Dass Sie immer zerstreut wirken und selten bei der Sache sind? Dass Sie nie so richtig für oder gegen etwas sein mögen, sondern seltsam neutral bleiben? Sie reden gern mit, aber Sie verstehen gar nicht, warum die Leute sich so ereifern: Soldaten entsenden oder nicht, dieser oder jener Präsident, Todesstrafe ja oder nein, wo ist der Unterschied?

Sie könnten die eine Seite ebenso gut verteidigen wie die andere, weil Ihnen beide herzlich gleichgültig sind. Sie sind der ideale Talkshow-Moderator, der vor allem geistreich wirken will, der sich gelegentlich tiefernst gibt, dann wieder zu provokantem Widerspruch aufbläst und am Ende der Sendung nicht mehr weiß, worum es ging. Ganz einfach: um die Einschaltquoten. Und die sind ganz gut bei Ihnen.

Dass Sie keinen bleibenden Eindruck hinterlassen, liegt also wohl daran, dass Sie keine eigene Position beziehen. Und dass Sie so wenig Persönliches preisgeben. Vielleicht auch einfach daran, dass Sie keine Persönlichkeit haben. Macht ja nichts. Bleiben Sie so. Wir sind gern mit Ihnen zusammen, wie alle, die sich mal vorteilhaft von jemandem abheben wollen. Sie liefern die harmlose Tapete im Hintergrund. Dafür Dank!

Ihr sicherer Weg zum Liebeskummer

Ist Ihr Partner da? Hier im Raum? Nicht? Sehen Sie sich lieber vorsichtig um. Wer könnte es sein? Sie wissen wohl mal wieder nicht, mit wem Sie gerade zusammen sind.

Doch? Wissen Sie? Aha, dann hört Ihr Partner also zu. Gut. Trotzdem müssen wir Ihnen mitteilen, was die Statistiker festgestellt haben: Das Sternzeichen Zwillinge ist das treuloseste von allen. Sagen wir es positiv: das vielseitigste. Dasjenige, das immer offen ist. Nach allen Richtungen. Das immer von Neuem ansprechbar ist, von nahezu jedermann. Und das partout nichts dafür kann, dass es sich leicht verliebt. Und das nichts dagegen unternehmen kann, dass die Wünsche wechseln.

Sie sind ganz anders? Na, kommen Sie. Das beteuern Sie doch nur, weil Ihr gegenwärtiges Lieblingswesen gerade Zeuge ist. In Wahrheit verkörpern Sie das, was in der Geschichte der Menschheit in fünfundneunzig Prozent aller Gesellschaften und Zivilisationen üblich war oder ist: Polygamie. Das braucht Ihnen nicht peinlich zu sein. Historisch, genetisch, kulturgeschichtlich liegen Sie absolut im Trend.

Es kann sein, dass Ihnen im Laufe Ihres Lebens ein Therapeut einreden will, Sie müssten wenigstens einmal mit einer einzigen Person und in einer einzigen Beziehung total in die Tiefe gehen. Aber das ist Unsinn. In der Tiefe ist auch nichts anderes zu finden als an der Oberfläche. Und der Eindruck, dass Sie nicht tiefsinnig seien, entsteht ja nur, weil Sie alles so lässig und lustig erscheinen lassen. Selbst das Tiefste.

Na, ist das nett gesagt? Okay, dann können wir zur Sache kommen. Sie sind nicht ehrlich. Nein, leider, sind Sie nicht. Sie nehmen es sich immer wieder vor, ganz fest. Und dann klappt es wieder nicht. Weil das, was Sie gestern gesagt haben, heute schon nicht mehr stimmt. Gestern fühlte sich alles anders an. Da waren Sie verliebt bis in alle Ewigkeit. Heute ist die Ewigkeit schon wieder vorbei.

Sie denken: Diese komplizierte Sache habe ich nun endgültig hinter mir. Gott sei Dank. Ich bin frei für Neues. Da klingelt Ihr Handy, und die Nummer, die angezeigt wird, lässt Ihren Puls jagen. Die alte Nummer. Diejenige, welche! Wahrhaftig, da ist noch Feuer drin! Also, worauf können Sie sich verlassen? Eigentlich auf nichts. Nicht in Liebesdingen. Und niemand soll sich da auf Sie verlassen.

Nur dass Sie immer mal wieder anrufen und smsen, das ist sicher. Denn das sind die wesentlichen Formen, in denen Sie Ihre Affären am Leben halten. Jeden gelegentlich anfunken und die Sache am Köcheln halten. Das reicht schon. Sie sind nicht der Typ, der Nähe anstrebt oder aushält. Mit ein bisschen Abstand liebt es sich leichter. Ewig im Flirtstadium bleiben: das ist Ihr Ding. Immer nur quatschen.

Also quatschen und flöten und schnattern Sie die ganze Zeit. Sie erleben die Liebe als Talkshow. Aber war da nicht noch was? Irgendwas mit der schönsten Nebensache der Welt? Oder der zweitschönsten? Oder war es die Hauptsache? Egal: Sie brauchen das nicht. Das, was die anderen Sex nennen.

Nein, ist nicht nötig. Gleichgültig, wie Sie sich jetzt wehren. Sie ziehen gern eine kleine Show ab, klar. Sie tun so, als seien Sie leidenschaftlich und erotisch. Weil Sie gehört haben, dass das Punkte bringt. Sie haben schon im Film die eine oder andere Liebesszene gesehen, bei der die Leute erstaunlich in Ekstase geraten sind. Mittlerweile beherrschen Sie das sogar. Sie können das nachspielen. Aber Sie erleben es nicht.

Ist doch nicht schlimm! Warum sollen alle Menschen leidenschaftliche Liebhaber sein? Warum ausgerechnet Sie? Das sind Sie nicht, das waren Sie nie, das werden Sie nie sein. Sie sind für das Geplänkel zuständig. Fürs Chatten. Sogar im Bett sollen Sie hauptsächlich chatten. Na, geht uns nichts an. Aber falls Sie mal dazu kommen, legen Sie doch Ihr hippes Smartphone daneben und gönnen uns eine Live-Übertragung.

Wird bestimmt amüsant. Weil Sie gut schauspielern. Sie sind weder heißblütig noch stürmisch oder gar abgründig. Aber Sie tun so als ob. Sie meinen, das werde erwartet. Also imitieren Sie. Und darin sind Sie wirklich gut! Den meisten Partnern fällt anfangs nichts auf. Wollen Sie uns eine Kostprobe geben? Nein? Etwas später, ja? Am Ende des Kapitels.

Wenn Sie trotzdem nie so richtig ans Ziel kommen, liegt es daran, dass den anderen mit der Zeit unterschwellig doch etwas auffällt. Keiner kann es richtig benennen. Auf den ersten Blick ist nichts verkehrt mit Ihnen. Sie wirken einigermaßen frisch, lustig, unbefangen. Und wer mit Ihnen nur locker befreundet sein will, kann sogar glücklich werden.

Aber wer mehr will, wird sich irgendwann verabschieden und dann Sachen sagen wie: Ich habe bis zuletzt nicht gewusst, woran ich bei dir war. Oder: Ich habe nie den Eindruck gewonnen, dass du meine Gefühle erwidern konntest. Oder: Bei dir hat mir die Wärme gefehlt. Und: Du hast immer nur Nudeln gekocht.

Da können Sie noch so viel analysieren und relativieren. Sie müssen jedem recht geben. Wir lieben Sie natürlich trotzdem oder gerade deshalb. Denn all das trifft zu.

So schaffen Sie den beruflichen Abstieg

Die meisten Astrologen empfehlen Ihnen, den Beruf der Sekretärin anzustreben. Oder den des Vertreters. Oder des Briefträgers. Seien wir ehrlich: Wenn Sie eines davon erreichen können, ist das sehr viel.

Uns würden Sie jedenfalls eine Freude machen. Ihren Eltern erst recht. Die leidgeprüften Alten haben anfangs ernsthaft geglaubt, aus Ihnen könne was werden. Damals, als Sie noch klitzeklein waren und schon sprechen konnten. Leider stellte sich bald heraus, dass Sie viel redeten, aber rein gar nichts sagten. Das ist bis heute so geblieben.

In der Schule sind Sie außer durch Schwatzen vor allem durch Kasperkram aufgefallen, durch konfettihafte Ablenkungsmanöver und fadenscheinige Entschuldigungen. Auch daran hat sich nichts geändert. Also, was machen wir mit Ihnen? Sie sind so sympathisch, wir würden

Ihnen gern weiterhelfen, am besten ins Ausland. Aber wie?

Die Agenturen für Arbeit hoffen immer, Zwilling-Geborene als Unterhalter unterzubringen, in einem Altersheim oder bei Verkaufsveranstaltungen. Und tatsächlich, wenn auf einer Bühne zur Kaffeestunde abgetakelte Witze erzählt werden, dann steht meist ein Zwilling drauf. Wenn bei einer Butterfahrt Kräuterkissen und Nierenschützer an Schwerhörige verscheuert werden, dann ist ein Zwilling der Verkäufer.

Wäre das was für Sie? Sie sehen so interessiert aus! Und tatsächlich, in dem Bereich können Sie es zu etwas bringen: im Handel mit Kupferarmbändern gegen Herzbeschwerden, Gummifolien gegen Ischias, Canthariden-pflastern, Stutenmilch, Gelee aus Kalbsfüßen und Pastillen aus Grünlippenmuscheln. Das klingt verheißungsvoll in Ihren Ohren? Na wunderbar. In der alternden Gesellschaft werden Sie viel verdienen können.

Auch der Beruf des Reiseleiters wird Zwillingen empfohlen. Wir können uns vorstellen, wie Sie vorne im Bus sitzen, nicht wissen, wo es gerade langgeht und wer diese sonderbaren Pyramiden errichtet hat und wie Sie trotzdem ungebremst reden. Denn das haben Sie schon in der Grundschule gelernt: darüber hinwegzutäuschen, dass Sie keine Ahnung haben.

Deshalb verlaufen Ihre Einstellungsgespräche zu Anfang ermutigend. Sie treten salopp auf, talken unbekümmert drauflos und kehren den Kontaktfreudigen heraus.

Nur Ihr Lebenslauf weckt jedesmal Skepsis. Was denn, so viele Schulen haben Sie durchlaufen? So viele Ausbildungen angefangen? So häufig die Studienfächer gewechselt? In all diesen Firmen waren Sie mal angestellt? Ist ja sensationell!

Und verdächtig ist es natürlich auch. Als Grund erwähnen Sie gern Ihre mannigfachen Begabungen. Ihre Vielseitigkeit. Wer so vieles kann, erklären Sie, der kann sich nicht leicht entscheiden. Und wer gar nichts kann, ergänzen wir, dem fällt die Entscheidung noch schwerer.

Jedenfalls zeigen soziologische Untersuchungen, dass Sie und Ihresgleichen zu den Rekordlern im Studienabbruch und Jobwechsel gehören. Überall werden Sie binnen Kurzem vom Zweifel ergriffen, ob das wirklich das Passende ist. Ihre Anleiter oder Vorgesetzten werden noch früher von diesem Zweifel ergriffen. Und schon legt man Ihnen nahe, Ihre nebelhaften Begabungen an anderer Stelle einzubringen.

Haben Sie das schon hinter sich? Sonst haben Sie es noch vor sich. Bereits jetzt verfügen Sie über den passenden Zynismus. Die perfekte Kombination mit Ihrem Schlaubergertum.

Sollten Sie also Talkmaster werden? Sie reden gern über die Probleme anderer. Da könnten Sie es mit Journalismus versuchen. Sie dürften ganz offiziell und ungestraft andere Leute kritisieren. Sie würden mit professioneller Ahnungslosigkeit bezweifeln, ob diese Regierungsmaßnahme richtig oder jenes kulturelle Ereignis politisch korrekt ist oder ob das da unten auf dem Spielfeld wirklich Abseits war.

Das wäre doch was! Und im Ernst: Die meisten Leute, die den Fernsehzuschauern extrem auf den Keks gehen, sind Zwillinge. Die Moderatoren, bei deren aufgekratztem Gerede man sofort den Sender wechselt, das sind Zwillinge. Die Werbeanrufer. Die ahnungslosen Expertinnen im Callcenter. Die Journalisten, deren hohldrehende Artikel man im zweiten Absatz abbricht: Zwillinge. Leute wie Sie.

Was machen wir nun mit Ihnen in Sachen Job? Das, was Sie zur Zeit tun, ist nicht das Richtige. Das ist klar. Das spüren Sie selbst. Also, bevor das klassische Zwillinge-Syndrom einsetzt, die Frühdemenz, müssen wir Sie irgendwo unterbringen.

Sagen Sie mal: Hätten Sie nicht das Zeug zum Blogger? Sie sind doch so gern im Web! Und wenn Sie da nun einfach Ihre eigenen Seiten vollklieren? Wir würden das bestimmt alle lesen, ja doch, immer wieder gern!

Oder könnten Sie sogar einen Job in Second Life ergattern? Da könnten Sie richtig aufsteigen. Sie sind doch schon ziemlich virtuell! Tun Sie den letzten Schritt! Wir wünschen Ihrem Avatar alles Gute. Also ab in den Open Space – und tschüss!

So können wir Sie ködern und beerben

Indem wir behaupten, Sie seien mitfühlend und warmherzig.

Indem wir bedauern, dass Sie noch immer nicht gebeten wurden, die ›Tagesthemen‹ zu übernehmen.
Indem wir Sie bitten, uns die Lage der Welt zu erklären.
Indem wir fragen, woher Sie Ihre Schlagfertigkeit und Ihre Fröhlichkeit haben.
Indem wir behaupten, Sie seien nicht oberflächlich, sondern vielseitig.
Indem wir Ihnen versichern, dass wir durch Ihre Kontaktfreude enorm profitiert haben.
Indem wir Ihr Testament verfassen. »Hier unterschreiben, dann musst du dich um nichts mehr kümmern.«
Tipp für Erben: Den Zwilling daran hindern, sein Geld durch Handy-Surfen und Web-Auktionen zu verschleudern.

Häufige Todesarten

Von Mobilfunkstrahlen zersetzt.
An Fast Food erstickt.
Im Second Life verirrt.
Beim Schnellsprechen eigene Zunge verschluckt.
Entführt, und niemand zahlte Lösegeld.

Ihr Grabspruch

Schon vergessen.

Typische Zwillinge

Marquis de Sade, vielseitiger Liebhaber
Marilyn Monroe, vielseitige Liebhaberin

Paul Gauguin, geschlechtskranker Maler
Richard Wagner, flüchtiger Komponist
Inge Meysel, Darstellerin der Frühdemenz
Harald Juhnke, begrabener Alleinunterhalter
Kylie Minogue, quengelnde Sängerin
Jürgen von der Lippe, quasselndes Hawaii-Hemd
Doris Dörrie, Schmalspur-Buddhistin
Radovan Karadcic, Verkleidungsexperte

Krebs

22. 6.–22. 7.

Warum wir Sie mögen

Sie wollen sicher hören, dass wir Sie für tief fühlend und romantisch halten. Aber hier wird nicht geschmeichelt. Sie möchten bestätigt haben, dass Sie intuitiv begabt und hilfsbereit sind. Dass Sie ein liebendes Herz haben. Aber hier wird die Wahrheit gesagt. Und die sieht ganz anders aus.

Was, bereits bei dieser Ankündigung verziehen Sie den Mund? Da schmollen Sie schon? Bei dieser winzigen Prise Realität sind Sie beleidigt? Na wunderbar. Dann lesen Sie gleich weiter. Sie können diese Seiten dramatisch zu Konfetti zerkleinern, damit niemand die Wahrheit erfährt, schon gar nicht Sie selbst. Aber zum Glück sind Sie neugierig. Und vor allem brauchen Sie immer Futter für Ihr Lieblingshobby, das Selbstmitleid.

Okay, hier ist Futter. Sie sind wehleidig. Eine Kostprobe haben Sie uns eben schon gegeben. Sie sind launisch. Jeder hier kann bezeugen, dass sich in diesem Augenblick etwas sehr Dunkles in Ihnen zusammenbraut. Ja, das sieht man!

Sie behaupten, Sie hätten Sinn für Familie. Sie seien partnerschaftlich. Aber was die Familie auch für Sie tut, es ist nie genug. Und wie immer sich ein Partner abrackert, Sie sind ewig unzufrieden.

Lassen Sie doch mal hören, wie das klingt: wenn Sie murren und maulen und quengeln. Das können Sie besser als jeder andere. Und wenn Sie es nicht offen tun mögen, dann dünsten Sie eine derart schlechte Laune aus, dass jeder in Ihrer Umgebung bedrückt und beklommen wird. Genau das ist Ihr Ziel. Unbewusst natürlich. So etwas würden Sie niemals absichtlich anstreben! Und doch: Ihr Ziel ist es, anderen ein schlechtes Gewissen zu machen und auf dieser Basis zu regieren.

Darin sind Sie unschlagbar. Dafür haben Sie einen untrüglichen Instinkt. Sie versprechen: Ich baue euch ein Nest! Sie behaupten: Ich nehme euch unter meine Fittiche! Aber wie Sie dann die anderen einspannen, wie Sie sich bedienen lassen, wie Sie liebreizende Menschen – uns zum Beispiel – mit Tränen und Beschwerden und Muffigkeit und Stimmungen beherrschen, das ist sensationell. Wie Sie Schuldgefühle in uns züchten, auf dass wir uns ewig verpflichtet fühlen.

Das können Sie. Das geschieht unabsichtlich, klar, das kommt wie eine Welle angerollt. Das passiert einfach so. Sicher. Aber Sie wissen, dass alle großen Erpresser eine Krebs-Betonung im Horoskop hatten? Wussten Sie nicht? Schön, dass es Ihnen mal jemand verrät. Geld ist Ihnen nicht wichtig. Die emotionale Erpressung hat es Ihnen angetan. Darin sind Sie genial.

Aber jetzt müssen wir mal innehalten. Die Überschrift heißt ja: Warum wir Sie mögen. Warum also? Vielleicht weil wir gerne Sklaven sind, wenn wir eine so liebreizende Herrschaft haben wie Sie? Charme haben Sie ja. Etwas Weiches ist Ihnen eigen, doch, stimmt. Ein Anflug von Mitgefühl ist da.

Aber darunter sind Sie zäh und beharrlich und derartig engstirnig, dass Astrologen Sie zum heimlichen Diktator des Tierkreises ernannt haben. Heimlich, weil Ihre Untertanen immer zu spät mitkriegen, dass sie Sklaven einer Diktatur geworden sind. Dann hilft kein Zappeln mehr. Dann hilft nur noch sich fügen. Wer nicht an der Leine zieht, darf sich frei fühlen.

Deshalb mögen wir Sie. Weil wir nicht so richtig mitkriegen, wie Sie unser Leben bestimmen. Es würde uns keinen Spaß machen, jemandem zu dienen, der brüllt und uns anschnauzt. Das tun Sie nur im Notfall. Sie erzielen Ihren Erfolg auf stillere Art. Wir wissen gar nicht wie, aber auf einmal beschleicht uns das Gefühl: Oha, wir haben was falsch gemacht oder ein unpassendes Wort benutzt. Das müssen wir ausbügeln. Das müssen wir schnell wiedergutmachen. Sie brauchen gar nichts zu sagen. Wir springen und wieseln bußfertig um Sie herum.

Und wir tun das gern! Zumal Sie, wie jeder Diktator, zuweilen Zärtlichkeiten und Streicheleinheiten verteilen. Und weil Sie dann so süß kindlich tun können. Auf unwiderstehliche Weise schaffen Sie es, Tyrannei und Sanftmut zu verbinden. Das gehört bei Ihnen von Natur aus zusammen. So ähnlich wie Kinder in aller Unschuld grausame Despoten sind, wenn man sie nur lässt. Na ja, und wir lassen Sie.

Oh, oh, jetzt haben wir versucht, Sie auf den letzten Metern dieses Absatzes zu versöhnen und günstig zu stimmen, aber wir spüren: Das war auch falsch! Wir sind doch ins Fettnäpfchen getreten, tun es auch jetzt, in diesem Augenblick.

Dabei möchten wir so gern, dass Sie uns wieder wohlgesonnen sind! Was dürfen wir tun? Ihnen die Hand zu küssen, reicht kaum. Irgendeine Sklavenarbeit genügt ebenfalls nicht. Kriechen wäre wohl auch verkehrt, obwohl uns sehr danach zumute ist.

Aber das ist es eben: Nichts reicht. Das lassen Sie uns immer wieder spüren. Und dafür mögen wir Sie!

Ihr sicherer Weg zum Liebeskummer

Ihr Weg zum Liebeskummer hat begonnen, als Sie die Liebe entdeckt haben. Im gleichen Atemzug hatten Sie schon Angst, verlassen zu werden. Damals hat Ihre unendliche schmerzvolle Geschichte angefangen. Und Sie lieben diese Geschichte. Sie mögen nicht davon lassen. Können es gar nicht. Sie sind bereits damit geboren worden. Sie hatten von jeher ein wundes Herz.

Und Sie lieben Ihre Wunden! Dürfen wir auch mal lecken? Nein, das machen Sie lieber selbst? Danke. Und sehr verständlich. Sie sind ja ein Egomane des Schmerzes. Niemand fühlt so tief wie Sie, niemand leidet so tief wie Sie. Niemand von uns Dumpfbacken kann die sensible Weite Ihrer Innenwelt ermessen, die poetische Verwundbarkeit Ihres Herzens und den künstlerischen Schmerzensreichtum Ihrer Seele.

Aber da war doch mal jemand, da glaubten Sie: Der oder die fühlt das Gleiche. Sie spürten: Da ist eine selbstverständliche Verbundenheit. Da ist Einheit, Gleichklang, natürliche Übereinstimmung. Wortlose Verständigung. Strömen. Einssein. Das ist keine Beziehung, das ist das Verschmelzen zweier Herzen!

Glaubten Sie mal. Sie erinnern sich? Natürlich erinnern Sie sich. Sie haben ja dieses peinigend gute Gedächtnis. Ach, was haben Sie nicht alles getan für diese – für diese Person! Sie waren bereit, sich selbst aufzuopfern. Sie haben sich hingegeben, rückhaltlos. Was war der Lohn? Dass Sie einsam zurückblieben, ungeborgen, verlassen, ausgesetzt auf den Zinnen der Liebe.

Sie waren ein Opfer. Ein Opfer der Undankbarkeit. Sie werden dieses Erlebnis immer wieder haben. Schön, nicht? Wer, wenn nicht Sie, könnte Weltschmerz und persönliche Trauer bis in die feinsten Nuancen auskosten! Da winken viele Gelegenheiten.

Wollen Sie wissen, warum? Es nützt zwar nichts, aber wir verraten es Ihnen mal: Ihr Geklammere nervt. Ihr Hab-mich-doch-endlich-lieb-Appeal. Ihr Geh-niemals-mehr-fort-Seufzen. Ihr Ich-bin-so-klein-nimm-mich-in-den-Arm-Gebettel.

Niemand außer Ihnen will symbiotisch verbunden sein. Die Zeit im Mutterbauch hat uns allen gereicht. Ihnen nicht! Und darum haben Sie immer noch diesen erstickenden Geborgenheitsanspruch. Natürlich wollen Sie nicht besitzergreifend sein – Sie doch nicht! Aber Sie sind es. Selbstverständlich wollen Sie niemanden mit Ihrer Fürsorglichkeit erdrücken! Aber Sie tun es.

Und Sie tun es, um sich unentbehrlich zu machen. Nicht aus Selbstlosigkeit, wie Sie sich gerührt vor dem Spiegel einreden. Sie tun es, damit der andere bleibt und Sie braucht. Sie bieten Hilfe an, damit Ihnen geholfen wird. Sie stellen Schutz in Aussicht, damit Sie behütet werden. Sie stellen sich vor, dass Sie beide dann für immer aneinandergeschmiegt im Nest liegen können. Sie sind der Klammeraffe des Sternenhimmels.

Nein, das Klammeräffchen. Sie haben ja noch diese Kleinkind-Attitüde drauf. Okay, das kann mal ganz niedlich sein. Auch andere Paare verfallen, wenn niemand dabei ist, in Kindersprache. Weil diese Sprache aus der Zeit der Zärtlichkeit kommt. Aber, mal ganz unter uns, beherrschen Sie eigentlich auch die Erwachsenensprache? Oder hören Sie die gerade zum ersten Mal?

Dann können wir Ihnen gleich noch etwas in Erwachsenensprache verraten: Immer nur Kuscheln und Gehaltenwerden, das genügt vielen Partnern nicht. Ihnen ja. Aber andere wollen noch mehr. Ihnen reicht es, die Wärme zu spüren, die Nähe zu genießen, den Körperkontakt. Aber ahnen Sie, was noch so unter körperlicher Liebe verstanden wird? Über das bloße Festhalten hinaus?

Ja, klar, das muss man Ihnen nicht erklären. Aber Ihren Partnern muss man erklären, dass bei Ihnen oft partout nichts läuft in dieser Richtung. Weil sie so störanfällig sind. Weil die Rahmenbedingungen nicht stimmen. Weil der Mond oder die Venus gerade in eine ungünstige Konstellation geraten sind, da geht das irgendwie nicht bei Ihnen. Halt mich doch einfach, sagen Sie dann zu Ihrem liebsten Wesen.

Oder Sie verstummen beleidigt für ein paar Tage oder Wochen. Sie benötigen schon sehr viel Verständnis. Zu viel. Sie träumen von der großen Familie mit einem Sack voller Kinder, aber wie das bei Ihrer Empfindlichkeit gehen soll, das kann sich keiner so richtig vorstellen. Na, wird schon klappen.

Und bis dahin und auch danach noch werden Sie zwischen Furcht und Hoffnung hin und her taumeln. Immer aufs Neue werden Sie staudammbrechende Trennungskatastrophen erleben. Mit intuitiver Sicherheit werden

Sie Liebhaberinnen und Liebhaber wählen, die bald ganz furchtbar gemein zu Ihnen sind. Sie werden verlassen werden und sich nicht lösen können, weil Sie so viel Undankbarkeit nicht begreifen. Und Sie werden das alles genießen und überstehen.

So schaffen Sie den beruflichen Abstieg

Weil Sie sich zu Schwächeren hingezogen fühlen, raten Ihnen die Astrologen meist zu einem sozialen Beruf. Irgendjemand hat mal herausgefunden, dass in Krankenhäusern und Altersheimen und Kindergärten überdurchschnittlich viele Krebs-Geborene tätig sind. Na gut. Wenn es als Koch oder Hebamme nicht klappt, können Sie das machen.

Wir haben noch einen anderen Vorschlag: Klageweib. Klagemann ist ebenfalls möglich. Klageweiber sind in südlichen Ländern mitfühlende Frauen, die sich um das Bett eines Sterbenden oder eben Verblichenen scharen und Anteil nehmend zu weinen und zu klagen beginnen. Das ist eine tiefgründige und befreiende Beschäftigung, die bei uns leider zu wenig verbreitet ist. Aber mit dem Trend zur umfassenden Sterbebegleitung wird dieser Beruf bestimmt bald hoch im Kurs stehen.

Wäre das was für Sie? Wir könnten uns das vorstellen. Lamentieren über den Undank der Welt, trauern um das schöne Leben, wehklagen um all das Vergangene, Unwiederbringliche, jammern über das Leid, das zum Glück kein Ende nimmt: Das tun Sie ja sowieso schon. Als Klageweib würden Sie es richtig laut und gegen Bezahlung tun dürfen.

Stellen Sie sich doch mal eben vor, dies sei ein Bewerbungsgespräch. Sie möchten diese Stelle. Gut. Dann lassen Sie mal was hören von Ihrer Kunst! So ein bisschen greinen, jaulen, heulen! Ach bitte! Nur für uns! Wenigstens tief seufzen! Oder etwas Bejammernswertes erzählen!

Schade. Dazu sind Sie zu schüchtern. Na, wird schon kommen. Aus Ihren anderen Hobbys – Flöte spielen, Aquarell malen, Gedicht schreiben – lässt sich schwerlich ein Beruf backen. Sie sind unsportlich, stehen nicht gern früh auf. Ach, da wäre vielleicht etwas: schlafen als Beruf! Schläfer im Schlaflabor. Kein anderes Sternzeichen schläft so viel und so gut wie Sie. Sie können überall schlafen unter beinahe jeder Bedingung.

Das ist ein liebenswert kindlicher Zug. Wir hier sind schlaflos, gehen herum, ringen die Hände und überlegen, wie wir Sie endlich ins Erwachsenendasein entlassen können, weil wir Sie nicht ewig subventionieren wollen – und Sie schlafen ein. Vorher haben Sie noch einen Teller Nudeln mit Tomatensauce gegessen oder Grießbrei mit Zimt und Zucker oder einen Pfannkuchen, so wie damals, nun sinken Sie pappsatt und mit feistem Babylächeln in die Kissen.

Schöner Anblick. Aber hätten Sie nicht Lust, dasselbe im Schlaflabor zu machen? Wird nicht glänzend bezahlt, aber ein bisschen was bekommen Sie für Ihre stärkste Begabung. Man würde Sie anschließend zu Ihren Träumen befragen, und im Träumen sind Sie ja ebenfalls gut. Vielleicht sollten Sie gar nicht zu sehr mit Tageslicht belästigt werden?

Aber schon sind wir wieder dabei, etwas für Sie zu arrangieren. Dabei sollen Sie doch selbst in die Gänge kommen. Könnten Sie was mit Blümchen tun? So ein bisschen gärtnern und wässern und ein paar Stängel zum Strauß binden? Hängt vom Wetter ab, was? Wetterfühlig ist Ihr tiefsinniges Sternzeichen ja auch noch.

Ach, das wird nichts mit Ihrem beruflichen Abstieg. Dazu müssten Sie ja erst mal aufsteigen, ein kleines Treppenstuflein nur. Oder meinen Sie, Sie finden jemanden, der Ihnen das Musikhören bezahlt und die geführten Meditationen und das Filmeschauen? Das wäre was! Noch besser: sich in Meereswellen zu wiegen und in der Silberbahn des Vollmonds über den See treiben zu lassen, das wäre Ihr Job! Wunschzettel schreiben, wäre auch ein herrlicher Beruf für Sie. Weil Sie im Wünschen und Hoffen unschlagbar sind.

Sagen wir es offen: Der Beruf für Sie müsste erst erfunden werden. Den gibt es nicht. Die schnöde Welt hat für Ihre stärksten Begabungen – Schlafen, Träumen, Schwärmen, Wünschen, Nichtstun – keine Verwendung. Nicht mal Ihre Traumdeutung ist gefragt. Wer finanziert Sie? Ihre selbstgetuschten Bilder sind hübsch, aber unverkäuflich. Ihre Musik ist gefällig, doch allenfalls Spenden sind dafür drin. Ihre Kochkünste sind ehrgeizig, doch das Lob dafür werden Sie aus Ihrer Familie herauspressen müssen.

Dann bleiben Sie also Hausmann. Oder Hausfrau. Hauskind wäre das Beste, aber diese Rolle wird ja leider von Jüngeren in Anspruch genommen. Als Hausmann oder Hausfrau können Sie Ihren Talenten ungestört nachgehen und anschließend, wenn Ihr Finanzier nach Hause kommt, jammern.

Hoffentlich kommt er oder sie nach Hause. Falls nicht, schieben Sie gern Ihre Spardose rüber. Sie haben es schon geschafft: Wir halten Sie für ein schuldloses Opfer.

So können wir Sie ködern und beerben

Indem wir Ihnen bescheinigen, Sie seien romantisch, empfindsam und liebevoll.
Indem wir fragen, wie Sie Ihre Kindheit verbracht haben.
Indem wir behaupten, Sie hätten uns sehr geholfen.
Indem wir uns Fotos Ihrer Eltern zeigen lassen.
Indem wir unsere Träume erzählen.
Indem wir mit Ihnen ins Kino gehen.
Indem wir fragen, ob wir mit Ihnen ein Nest bauen dürfen.
Indem wir die Speisen Ihrer Kindheit kochen.
Indem wir Sie in Watte packen.
Indem wir Ihnen erzählen, wir seien ein Findelkind und Sie könnten die Patenschaft für uns übernehmen.
Tipp für Erben: Beizeiten die Buchhaltung des Krebses übernehmen.

Häufige Todesarten

Beim Sinken des Schiffes aus Furcht an Bord geblieben.
Als Packesel der Familie zusammengebrochen.
Aus Mangel an beweinbarem Leid verdorrt.
Bei einer Rückführung im früheren Leben geblieben.
Vor Scham in den Boden versunken.

Ihr Grabspruch

Das habt ihr nun davon – ich bin tot!

Typische Krebse

Franz Kafka, ängstlicher Dichter
Soraya, verlassene Kaiserin
Walter Ulbricht, Selbst-Ummauerer
Lady Diana, gekränkte Prinzessin
O. J. Simpson, verletzter Ehemann
Isabelle Adjani, schmollende Schauspielerin
David Hasselhoff, Entziehungspatient
Brigitte Nielsen, geflicktes Starlet
George W. Bush, beleidigter Pensionär
George Michael, bekiffter Sänger

Löwe

23. 7.-23. 8.

Warum wir Sie mögen

Wahrscheinlich ist Ihnen schon zu Ohren gekommen, was die Mythenforscher herausbekommen haben. Speziell die Historiker der Astrologie. Die haben aus alten Pergamenten ermittelt, warum im alten Ägypten das Zeichen des Hochsommers nach dem Löwen benannt wurde.

Wegen der Eigenschaften, die damals als typisch galten für einen Löwen. Erstens: Er liegt überwiegend faul herum. Zweitens: Er gähnt viel und schnarcht laut (er selbst nennt es »brüllen«). Und schließlich: Wenn er nichts erjagen kann, frisst er die eigenen Kinder. Zuweilen noch die seiner Nachbarn.

Das würden Sie natürlich nie tun. Faul herumliegen, klar. Gähnen auch, schnarchen gern. Aber ein Kannibale sind Sie nicht! Sie essen allenfalls Hacksteak. Im schlimmsten Fall einen Tofuburger.

Doch das ist nicht gemeint. Die Astrologie sieht in solchen Eigenschaften nur das Symbolische. Gemeint ist: Sie bereichern sich am Hab und Gut Ihrer Familie. Und weil Sie großzügig sind, auch am Hab und Gut von Freunden. Sie leben auf Kosten anderer, heißt das. Und das stimmt ja nun wirklich.

Was andere erreicht haben, Sie biegen es unbekümmert zum eigenen Verdienst um. Fremde Ideen geben Sie bedenkenlos als eigene aus. Anderer Leute Siege münzen Sie zu Ihren um. Fremde Autos, Wohnungen, Partner benutzen Sie wie Ihr Eigentum. Man sagt auch: Sie sind groß im Nehmen.

Allerdings, das wollen wir nicht verschweigen, Sie sind auch groß im Geben. Zum Beispiel geben Sie lästige Pflichten ab. Die Mühe, die eigentlich Sie sich machen sollten, übertragen Sie großmütig anderen. Die Arbeit, die von Ihnen erwartet wird, lassen Sie Freunde, Eltern und Geschwister tun. Oder uns. Lediglich die Früchte der Arbeit stellen Sie als eigene dar.

Nehmen wir Ihnen das übel? Nicht im Geringsten. Wir finden das gut! Wir fühlen uns geschmeichelt, wenn wir Ihnen nützlich sein können. Wenn wir einen Witz erfinden, und Sie erzählen ihn weiter, dann ist das für uns ein Adelsschlag. Wenn wir einen genialen Einfall haben, und Sie streichen das Lob und die Beförderung ein, dann macht uns das stolz. Wenn wir kreativ waren, und Sie verdienen das Geld damit – das jagt uns Wonneschauer über den Rücken.

Von Ihnen benutzt zu werden, das ist eine Ehre. Daran erkennen wir: Sie akzeptieren uns. Sie dulden uns in Ihrer Umgebung. In Ihrem Hofstaat. Sie mögen uns. Sie haben uns zum Fressen gern. Dafür Dank. Und nur weil jetzt und hier der Boden etwas hart ist, fallen wir im Moment nicht auf die Knie. Aber innerlich tun wir es, da können Sie sicher sein.

Wir mögen Sie, weil wir einfach gerne jemanden bewundern. Den alltäglichen Kleinkram erledigen wir mit links für Sie. Wir haben ja schon damals Ihre Schultasche getragen, erinnern Sie sich? Wir möchten heute wenigstens Ihr Geschirr raustragen und abwaschen. Vielleicht noch Ihre Brille reinigen. Ohren und Zahnzwischenräume übernehmen Sie vielleicht selbst?

Im Pulen sind Sie unnachahmlich. Und Ihr ungeniertes Benehmen in der Öffentlichkeit nötigt uns weiteren Respekt ab. Wie Sie prustend Feinstaub ausniesen, wie Sie ächzen, stöhnen, berstend husten, das ist Musik in unseren Ohren. Und wie Sie posaunenmäßig ausschnauben, damit aller Welt klar ist, dass Sie Schnupfen haben, das möchten wir nicht missen. Sie sollen auch so toll rülpsen können. Vielleicht später, ja?

Stimmt es eigentlich, dass Sie vor allem deshalb immer zu spät kommen, damit jeder auf Sie aufmerksam wird? Stimmt es, dass Sie extragroße Gläser mit stillem Wasser bestellen, damit Sie sich in der spiegelnden Oberfläche betrachten können? Und dass Sie dieses Nervengift von Parfum nur deshalb aufladen, damit Insekten und Allergiker Abstand halten? Muss wohl stimmen.

Wir mögen diese Haltung. Dieses Blasierte, Selbstgefällige, Großspurige. Es gibt zu wenige Leute, die selbstverständlich Brillies tragen oder im Ferrari durch die Gassen röhren. So eine Portion Rotz und Protz und Größenwahn tut allen gut. Sie bringen den Glamour in unsere Welt.

Wenn wir irgendwie zu Ihrer Verherrlichung beitragen können, geben Sie uns bitte einen Wink, gern mit dem Zaunpfahl, wie das so Ihre Art ist. Sie wünschen Applaus? Aber sicher! Gleich. Kritik benötigen Sie nicht? Nein. Haben wir kapiert.

Kritik und Schmerz – das sind eigene Kapitel. Die lassen wir aus. Wenn Ihnen etwas weh tut, geht gar nichts mehr. Dann stoppt der Verkehr. Dann stehen wir schweigend und senken den Kopf. Wenn Sie Schnupfen haben, muss der Staat Trauerbeflaggung anordnen. Was läge näher?

Aber wir wollten ja etwas Gesundes von Ihnen hören, bevor wir applaudieren. Ihr berühmt pompöses Löwen-Rülpsen. Sind Sie so weit? Oder können Sie das nur, wenn Sie Kinder gefressen haben? Nein? Na dann, bitte! Wir stehen zum Beifall bereit!

Ihr sicherer Weg zum Liebeskummer

Ihr Weg zum Liebeskummer ist ganz einfach und gerade. Sie machen einfach so weiter wie bisher! Dreist herumstolzieren. Über die Bedürfnisse anderer hinwegwalzen.

Stur die eigene Position verteidigen. Und immer darauf achten, keine Schwäche zu zeigen und auf jeden Fall die Oberhand zu behalten. Damit stehen Sie nach jeder partnerschaftlichen Auseinandersetzung als Sieger da und sind binnen Kurzem allein.

Eigentlich schön, wie Sie das immer wieder hinbekommen! Wir, Ihre treuesten Fans und Zuschauer, wir lieben diese Soap! Sie bringen Schwung in jede Beziehung. Besonders wenn sie gut läuft. Irgendein Drama fällt Ihnen immer ein. Irgendein Anlass, gereizt, empfindlich oder eifersüchtig aufzubrausen. Ihre Stimme und Ihre deutliche Aussprache sind in der ganzen Nachbarschaft beliebt. Schön ist auch der sonore Rhythmus des Türenschlagens, wenn sich das fröhliche Klirren von Scherben dazugesellt.

Wissen Sie, dass andere schon als Kind in Sie verliebt waren? Sogar Ältere? Vielleicht haben Sie es übersehen. Sie waren ja vorwiegend mit sich selbst beschäftigt. Mit dem Design Ihres Selbstbildes. Auf Ihrer inneren Screen schwebt seither ein strahlendes Image Ihrer majestätischen Erscheinung. Sie haben sich damals schon vorgestellt, wie Sie auf den Balkon treten, und unten braust der Jubel der Menge auf.

Seither vergleichen Sie die Wirklichkeit immer wieder mit diesem idealen Bild. Wo bleiben die würdigen Verehrer? Wo gibt es echte Anbeter? Wo verbergen sich die edlen Seelen? Wo sind all die hochherzigen Menschen, die Ihnen in einer Partnerschaft als Lakaien dienen könnten?

Es gibt sie. Einige haben Sie sogar schon kennengelernt und bald wieder vergessen. Geben Sie bei Ihren Flirts womöglich zu rasch auf? Werden Sie bei Ihrem flüchtigen Naschen vielleicht zu schnell satt? Wenn eine Schwierigkeit auftaucht, denken Sie rasch: Das kann nicht das Richtige sein, denn Mühe darf es nicht kosten. Wenn Gewohnheit sich einstellt, beschleicht Sie der Argwohn: Hier läuft etwas schief.

Im eventlosen Alltag fühlen Sie sich leicht unter Ihrer Würde behandelt. Wenn Sie Ihre Haare selbst aus der Dusche entfernen sollen. Wenn Sie auch mal den Geschirrspüler leeren müssen. Wenn Ihnen zugemutet wird, Ihre eigenen Schuhe zu putzen. Oder wenn jemand über Ihre Entscheidungen debattieren will, als seien die nicht unfehlbar. Dann sagen Sie Sätze wie: »Diese Auseinandersetzungen ziehen mir Energie ab.« Oder: »Da fehlt mir der Stil.« Und: »Das ist unter meinem Level.«

Dabei kennen Sie Ihren Level gar nicht. Nur den Ihrer Vorstellung. Psychologisch arbeitende Astrologen haben herausgefunden, dass zwischen dem Selbstbild, das ein Löwe von sich entwirft, und dem Eindruck, den andere gewinnen, ein Abstand klafft, den es in diesem Ausmaß bei keinem anderen Sternzeichen gibt. Die Fallhöhe beim Löwen ist schwindelerregend. Im Leben, im Beruf, in der Partnerschaft.

Sie glauben das nicht. Sie sind ganz sicher, und wir drücken Ihnen die Daumen, dass sich genügend Bereitwillige finden, die sich Ihnen dankbar unterwerfen. Die ergeben Ihren Worten lauschen, selbst aber auf Ratschläge verzichten. Die keine eigenen Bedürfnisse haben, sondern nur Ihren Bedürfnissen dienen. Die keine Anteilnahme benötigen, sondern immer gut drauf sind. Die sensibel sein mögen, aber Sie niemals belästigen.

Über Bettgeschichten reden wir nicht. Und dass Ihre Neigung, sich in Szene zu setzen, nicht viel Platz lässt für Natürlichkeit, das werden wir auf keinen Fall ausplaudern. Dass die Spontaneität auf der Strecke bleibt, weil es Ihnen um Inszenierung geht, das verschweigen wir. Denn wir finden es lobenswert, dass Sie sich überhaupt bewegen. Auch zwischen den Bettdecken liefern Sie Ihre kleine Seifenoper ab. Wir finden die anschauenswert und würden sogar Werbung bei Ihnen schalten. Aber außer Ihnen will Sie keiner sehen.

Ach, sollten wir noch erwähnen, dass Sie wegen Ihrer Bequemlichkeit ungern weite Wege gehen? Oder lieber nicht? Laut Statistik haben Löwe-Geborene gerne Affären, nur sollen die keine Umstände machen. Also haben sie Affären mit den Partnern ihrer Freunde und den Partnern ihrer Verwandten oder ihren Kollegen und Nachbarn.

Wir finden das einen liebenswerten Zug, denn er vereinfacht das Leben. Jeder behält den Überblick. Warum lange herumsuchen, wenn man nebenan fündig werden kann? Warum mühsam auf Partnersuche gehen, wenn die beste Freundin oder der beste Freund einen Partner mitbringt? Dass Ihre Freunde und Nachbarn Ihnen die Partner gern für ein paar Nächte abtreten, versteht sich hoffentlich von selbst. Und mehr verlangen Sie ja gar nicht.

Wie einfach alles ist! Sie wollten wissen, wie Sie am schnellsten zum Liebeskummer gelangen. Nun, wie eingangs gesagt: ganz von selbst! Sie machen einfach so weiter wie bisher!

So schaffen Sie den beruflichen Abstieg

Sie sollten sich nicht bemühen müssen. Nicht Sie. Niemals. Wären Sie damit einverstanden, dass wir für Sie arbeiten? Dass wir in dunklen Verliesen schuften, während Sie oben das Leben genießen? Ach bitte!

Natürlich sollen Sie nicht ganz untätig sein. Wir haben an einen imposanten Schreibtisch gedacht, hinter dem Sie sitzen, im gepolsterten Chefsessel, lautlos drehbar, damit Sie die Aussicht aus den Panoramafenstern genießen können. Ab und zu würden wir klopfen und das Geld abliefern. Entschuldigen Sie die Schweißflecken und die staubigen Arbeitskittel.

Wäre das schön? Das wäre schön. Oder mögen Sie das nicht offen zugeben? Kommen Sie. Sie finden so eine Arbeitsteilung zumindest angemessen. Wir doch auch! Aber viele Ignoranten leider nicht. Die verlangen von Ihnen Zeugnisse oder gar Kompetenzbeweise, während wir Sie ohne Weiteres in jede Führungsposition hieven würden.

Es soll Leute gegeben haben im Laufe Ihrer mittelmäßigen Karriere, die Ihnen ins Gesicht sagten: Spuck nicht so große Töne, tu was. Solche Leute gibt es sogar jetzt. Wir finden das unsensibel. Warum sollen alle Menschen gleichermaßen arbeiten? Bei manchen genügt es, dass sie da sind! Und lediglich ein paar Freiflüge und Sonderrabatte in Anspruch nehmen. Zu diesen auserlesenen Exemplaren gehören Sie. Finden wir.

Es hat aber Leute gegeben, und es gibt sie auch jetzt, die unterstellen Ihnen ein unstillbares Bedürfnis nach Bewunderung. Die behaupten, Sie wollten immer der oder die Größte sein und seien eingeschnappt, wenn jemand Zweifel anmeldet. Diese Leute wollen beobachtet haben, dass Sie Niederlagen nur ganz schwer wegstecken. Dass Sie abhauen, wenn Sie sich nicht respektiert fühlen. Die verkünden sogar, Ihr Hunger nach Lob und Bestätigung sei dermaßen übersteigert, dass Sie immer wieder Opfer von Schmeichlern würden.

Also, wirklich! Diese Banausen! Sie fallen doch nicht auf Schmeichler rein! Dazu sind Sie erstens viel zu scharfsinnig. Und zweitens sehen Sie viel zu gut aus. Ach, übrigens: Wir wollten Sie um etwas bitten. Wir finden den Bildschirmschoner auf Ihrem Rechner so toll! Der besteht doch aus lauter Bildern von schönen Menschen, von Models und Stars.

Was? Wie bitte? Das sind immer nur Sie? Da laufen ausschließlich Porträtfotos von Ihnen? Ist ja irre! Dürfen wir uns diesen Bildschirmschoner mal kopieren? Das wäre toll! Und könnten Sie uns bei der Gelegenheit auch das Selbstporträt zuschicken, das Sie auf Ihrem Mobilphone als Background benutzen? Darauf sehen Sie so super aus! Wir würden das Foto gern auf unserem Handy haben, um Leute damit zu beeindrucken: Hier, schau mal, diese tolle Person kenne ich.

Na, wie waren diese Zeilen eben? Ganz gut, nicht? Wie finden Sie uns? Sympathisch, oder? Okay, trotzdem fühlen wir uns verpflichtet, Sie dezent darauf hinzuweisen, dass viele Löwen sich gar nicht so bewundernswert entwickeln, wie sie sollten. Die werden also keine Herzchirurgen, sondern einfach nur herzkrank. Die werden nicht Golf-Champions, sondern kriegen lediglich den Ball an den Schädel. Die werden nicht Global Player, sondern daddeln nur so am Computer herum.

Es gibt lauter Löwen, die werden nicht, wie sie dachten, Dirigent, Kunsthändler, Vorstandsvorsitzende, Reeder, Diva, Oscar-Gewinner oder Spitzenpolitikerin. Die werden stattdessen Hausmeister, Küchenhilfe, Plakatkleber, Schausteller, Treppenreiniger, Anstreicher, Maurergehilfe, Kanalarbeiter oder Frittenverkäuferin. Sonderbarerweise sind Löwen in diesen Berufen sogar überproportional häufig vertreten.

Was ist da geschehen? Nichts Schlimmes. Da hat sich der hohe Anspruch einfach nicht mit der Wirklichkeit in Übereinstimmung bringen lassen. Das passiert allen Löwen. Fast allen. Ihnen nicht, da sind wir ganz sicher.

Kleiner Tipp: Peilen Sie weiterhin den großen Wurf an, aber lassen Sie die unwürdigen kleinen Schritte aus. Gehen Sie nicht Klinken putzen, sondern warten Sie einfach darauf, dass andere Ihr Talent entdecken. Sie haben es nicht nötig, hinter Ruhm und Reichtum herzulaufen. Erwarten Sie beides einfach mit offenen Armen. Wir sehen Ihnen gern dabei zu.

Bleiben Sie so! Wir mögen es, wenn Sie die große Nummer vortäuschen, prahlerisch in die Gegend talken und bei jeder Party den Big Mac geben. Lassen Sie sich vom ironischen Lächeln der anderen nicht stören! Sie haben den tollsten Rechner, den größten Brilli, eine Koryphäe als Hausarzt, die erlesensten Insider-Adressen und exzellente Beziehungen. Alles super. Und morgen gehen Sie dann wieder putzen.

Ist das ehrenrührig? Im Gegenteil. Die größten Zen-Meister nahmen den Besen in die Hand. Erleuchtete Buddhas fanden ihre Erfüllung darin, den Boden zu fegen. Sagen Sie – hätten Sie nicht Lust, gleich morgen bei uns anzufangen? Staubsaugen können Sie doch auch? Wir würden Ihnen sogar Gesellschaft leisten, das heißt im Chefsessel sitzen und uns Richtung Fenster drehen, gelegentlich auch mal zu Ihnen.

So können wir Sie ködern und beerben

Indem wir Sie um ein Autogramm bitten.

Indem wir fragen, ob Sie sich mit uns fotografieren lassen.

Indem wir bedauern, dass Sie nicht alle unsere Ideen verwenden konnten, weil die eben nicht gut genug waren.

Indem wir Ihnen einen glitzernden Orden verleihen.

Indem wir Sie fragen, ob wir Ihnen unser nächstes Kunstwerk widmen dürfen.
Indem wir Ihnen eine Krone aus goldener Pappe basteln.
Indem wir Ihnen bescheinigen, Sie seien der großzügigste Mensch, den wir kennen.
Indem wir erklären, wir würden Sie als Erben einsetzen. »Niemand außer dir hat es verdient. Machen wir es auf Gegenseitigkeit, ja?«
Tipp für Erben: Großkotzigkeit des Löwen eindämmen. »Du hast genug für andere getan. Lass die jetzt mal was für dich tun.«

Häufige Todesarten

Vom Golfball getroffen.
Beim Kreuzfahrtfoto über die Reling gekippt.
Beim Baden in Champagner ertrunken.
Auf dem roten Teppich ausgerutscht.
Beim Anstecken selbstgemachter Orden verblutet.

Ihr Grabspruch

Wanderer, stehe still und schäme dich, dass du noch lebst!

Typische Löwen

Napoleon, größenwahnsinniger Kleinwüchsiger
Benito Mussolini, größenwahnsinniger Glatzkopf
Fidel Castro, größenwahnsinniger Uniformträger
Gudrun Ensslin, größenwahnsinnige Pfarrerstochter

Alfred Hitchcock, fettsüchtiger Regisseur
Mette Marit, norwegische Aufsteigerin
Arnold Schwarzenegger, österreichischer Aufsteiger
Madonna, Botox- und Lifting-Model
Adnan Kashoggi, verschwendungssüchtiger Waffenhändler
Queen Mum, in Gin konservierte Mumie

Jungfrau

24. 8.–23. 9.

Warum wir Sie mögen

Was wäre die Welt ohne Sie? Ein Jammertal. Was wären wir ohne Sie? Elendsgestalten. Aber es gibt Sie! Wir haben Sie sogar in unserer Mitte! Die Welt ist schön! Wir haben jemanden, den wir verantwortlich machen können. Dem wir jederzeit die Schuld zuschieben können. Dem wir immer und überall ein schlechtes Gewissen aufbürden können, damit uns leichter ums Herz wird. Was für eine Erlösung! Danke! Danke, dass Sie das mit sich machen lassen.

Aber wozu eigentlich danken? Sie können ja gar nicht anders. Es ist Ihre Natur. Sie fühlen sich schuldig. Von Geburt an. Und falls vorübergehend gerade mal nicht, sind Sie doch bereit, rasch wieder Schuld auf sich zu nehmen. Sie sitzen immer in den Startlöchern. Und wir können Ihnen versichern: zu Recht.

Astrologen in Ihrer Bekanntschaft haben Ihnen eingeredet, Jungfrauen seien ordentlich. Es stand mal auf einem Zuckertütchen. Und das ist schon Ihr erster Grund, sich schuldig zu fühlen. Denn Sie sind absolut nicht ordentlich. Im Gegenteil. Wenn man Sie besucht, in Ihrer grausam ungemütlichen Wohnung, in der es immer nach Biotonne riecht, dann fällt Ihnen irgendein Gestammel ein wie: »Ich wollte gerade aufräumen.« Oder: »Ich habe was gesucht, deswegen sieht es so chaotisch aus.« Stimmt aber nicht. Es sieht immer chaotisch aus bei Ihnen. Ihre Umgebung spiegelt Ihr Inneres wider. Deshalb.

Na, schuldbewusst? Noch nicht genug? Darf es noch ein bisschen mehr sein? Sie wissen ja nie so genau, was Sie denken sollen. Warten Sie ruhig, wir sagen es Ihnen. Uns gefällt, dass Sie nicht selbstständig denken. Wie würde es auf der Welt zugehen, wenn alle anfangen würden, selbstständig zu denken!

Nein, so wie Sie: sich nach anderen richten – das ist vorbildlich. Autoritäten anerkennen, gläubig den Anweisungen folgen, so wie Sie das beflissen tun, das trägt zur Übersichtlichkeit in der Welt bei. Was Diktatoren ohne gehorsame Jungfrau-Geborene anfangen könnten, ist schwer vorstellbar. Vermutlich nichts. Also, Sie sind notwendig! Nicht für alle. Aber für diejenigen, welche.

Na, geht's gut? Irgendwie schwitzen Sie noch nicht

genug. Oder schwitzen Sie nach innen? Sehr gut möglich. Sie versuchen ja immer, einen reinlichen Eindruck zu machen. So als seien Sie sauber und gewaschen. Viele sind schon drauf reingefallen. Und vermutlich haben Sie längst den Trick drauf, wie man nach innen transpiriert. Auf die Weise sparen Sie zudem das Deo.

Denn das müssen wir jetzt mal sagen: Sie sind sparsam. Allzu sparsam, für unseren Geschmack. Für Ihre Erben ist das schön; hoffentlich gehören wir dazu. Aber für diejenigen, die zu Ihren Lebzeiten darum bangen, ein einziges Mal von Ihnen eingeladen zu werden, ist es frustrierend. Oder für Gastgeber, die darauf hoffen, dass Sie sich als Mitbringsel wenigstens einen Wein vom Discounter abknapsen; für die ist es immer wieder eine bittere Überraschung, dass Sie mit leeren Händen kommen. »Ich bin nicht mehr dazu gekommen«, sagen Sie. Ja, ja. Oder Sie bringen mit, was Sie ein Jahr zuvor von uns geschenkt bekommen haben. Vielen Dank.

Wahrhaftig, wenn irgendjemand ein schlechtes Gewissen haben sollte, dann sind Sie es. So knauserig, so pingelig, so misstrauisch und unspontan.

Na, wie steht's? Sie sehen immer noch gut durchblutet aus. Das ist leider auch etwas, was man Jungfrau-Geborenen nachsagt: Sie seien gesund, trotz schlechter Gewohnheiten. Also auch, wenn sie wenig schlafen, wenig essen, wenig trinken, wenig atmen und möglichst nie aufs Klo gehen. Trotzdem werden sie alt, die Jungfrau-

Geborenen, sehr alt, viel zu alt, wie neulich der Minister für Rentenfragen festgestellt hat. Man denkt darüber nach, speziell für Sie und Ihresgleichen die Renten zu kürzen.

Experten befürworten das, weil Sie das Sternzeichen sind, das mit den geringsten Mitteln auskommt. Sie leben bescheiden. Sie kaufen billig ein und versuchen, das Billige nach Gebrauch auch noch mit Gewinn weiterzuverkaufen. Sie kaufen nur, was unbedingt nötig ist, und dementsprechend sieht es aus bei Ihnen. Es hat eine Zeit gegeben, da haben Sie gedacht, Sie würden im Kloster am besten aufgehoben sein. Das trifft auch zu. Die Insassen von Klöstern sind vorwiegend Steinböcke und Jungfrauen. Deswegen ist es da so extrem ungemütlich, und kein anderes Sternzeichen will hin.

Nun, Sie haben es geschafft, Ihr Leben auch ohne kirchlichen Segen mit Mauern zu umgeben und klösterlich vor sich hin zu darben. Nur weiter so. Uns stören Sie nicht. Und Sie können sicher sein, wir stören Sie nicht. Höchstens, wenn wir mal eine Diktatur aufmachen wollen, kommen wir auf Sie zurück, okay? Und wie geht's jetzt?

Ihr sicherer Weg zum Liebeskummer

Eines muss man Ihnen leider lassen: Sie haben eine tugendhafte Ausstrahlung. Obwohl Ihre Phantasien alles andere als tugendhaft sind, machen Sie einen provozierend keuschen Eindruck. Als seien Sie empfindsam und zartbesaitet. Und als müssten Sie deshalb so vorsichtig und kritisch und zurückhaltend sein, weil Sie andernfalls ganz fürchterlich verletzt werden könnten.

Viele sind schon reingefallen auf dieses Aschenputtel-Image. In Wahrheit sind Sie ziemlich frech. Ihre Ironie kann schneidend sein. Sie verfügen über eine erbarmungslose Beobachtungsgabe, die sich ganz und gar auf die Schwächen anderer konzentriert. Daraus basteln Sie spöttische Bemerkungen, mit denen Sie sensible Menschen – und wir reden von wirklich sensiblen Menschen, nicht von Ihnen – nachhaltig verwunden können.

Aber Ihnen geht's gut? Sehr schön. Dann dürfen wir Ihnen jetzt etwas Wichtiges mitteilen: Mit der großen Liebe, das wird nichts mehr. Das ist vorbei. Die Chance hatten Sie. Und haben Sie nicht genutzt. Sie erinnern sich? Klar, erinnern Sie sich. Ihr Gedächtnis für Niederlagen ist glücklicherweise untrüglich. Was haben Sie damals nur angerichtet? Schlimm war das! Unbarmherzig haben Sie sich benommen. Mitleidlos. Und obendrein waren Sie ängstlich. Sie haben gekniffen.

Ach, übrigens gekniffen: Diese Falten in Ihren Mundwinkeln, haben die sich damals in Ihr Gesicht gegraben? Diese verächtlichen Furchen, die so wirken, als befiele Sie unaufhörlich ein zartbitterer Ekel vor der Welt? Oder ist das angeboren? Na, man kann am Computer vieles retuschieren, und das sollten Sie auch tun, bevor Sie mit Ihrem Foto im Web auf Partnersuche gehen. Für den Abend des ersten Treffens empfehlen wir das Unterspritzen. Creme reicht da nicht.

Hach, es macht wirklich Spaß mit Ihnen! Macht es Ihnen auch so viel Spaß? Wunderbar. Dann haben Sie also doch Humor, obwohl alle Astrologen das Gegenteil behaupten. Dann lassen Sie uns doch mal humorvoll betrachten, warum Ihre Liebesbeziehungen alle schiefgehen, wenn sie überhaupt jemals anfangen. Denn meistens kommt es ja gar nicht dazu. Sie trauen sich nicht. Sie fürchten so sehr, einen falschen Partner zu erwischen, dass Sie lieber gar keinen nehmen.

Okay, das ist gut für andere. Und sicher gut für Ihren Beinahe-Partner. Was gibt's denn an Ihrer Seite zu erleben? Gemeinsames Fernsehen mit Nörgeleien am Programm? Besuch des Ökomarktes, aber nur zur Anschauung, weil Sie kein Geld ausgeben wollen? Sonntagsspaziergang mit kritischer Würdigung des Waldsterbens? Also, wir können uns das sehr romantisch vorstellen mit Ihnen.

Aber wissen Sie, was Ihnen immer wieder passiert? Dass Sie reinfallen. Bei all Ihrem Abwägen und Beäugen und bei all Ihrem Nachdenken über den Zweck einer Beziehung und die Wirtschaftlichkeit, bei all Ihrer Vernunft fallen Sie immer wieder rein. Und zwar auf das krasse Gegenteil. Da kommt irgendein durchgeknalltes Wesen, das von freundlichen Therapeuten als unheilbarer Borderliner eingestuft wird, und das finden Sie nun total erotisch.

Eigentlich wollen Sie bei den echten Ladys und bei den Gentlemen bleiben, bei den besseren Menschen –

und dann zieht irgendein Skin oder Punkmädchen Sie magisch an. Ihre Freunde greifen sich an den Kopf. Sie wollten zu den Edelgereiften gehören, zu den Höflichen mit den guten Umgangsformen. Und verfallen einem schmatzenden Proll. Ihre Freunde heulen auf vor Schadenfreude. Sie wollten bei den Gutherzigen leben. Und ergeben sich einem wüsten Egotripper.

Natürlich heiraten Sie nicht gleich. Aber mit der Jungfräulichkeit ist es erst mal vorbei. Na, kann bei hinlänglicher Abstinenz wiederkommen. Sie fasten ja gern, in jeder Hinsicht. Und wenn Sie dann tatsächlich mal heiraten, womöglich Richtung Chefetage, dann wird diese Ehe eine einzige Fastenkur. Da tobt dann die Erotik der eingeschlafenen Füße.

Aber Ihnen ist das recht. Mit Leidenschaft haben Sie es nicht. Eher mit Sprödigkeit. Hingabe finden Sie okay, soll ja gesund sein, aber eine wirklich passende Gelegenheit dazu haben Sie noch nicht erlebt. Werden Sie auch nie. Sie sind nicht verklemmt, das nicht, nur mutlos und gehemmt.

Man kann sagen: Wer Sie heiratet, muss sich nicht mehr groß anstrengen. Wenn was nicht klappt, fühlen Sie sich schuldig. Und das ist auch ganz schön. Wer Sie heiratet, kann sich darauf verlassen, dass die Mahlzeiten karg, aber regelmäßig kommen. Dass gelegentlich der Boden gewischt wird. Und dass das Konto im Plus bleibt. Wer, außer einer Seniorenresidenz, könnte so viel Gutes von sich behaupten?

So schaffen Sie den beruflichen Abstieg

Warum nur geht es immer schief mit Ihnen? Weil Sie alles richtig machen wollen? Und deshalb lieber gar nichts tun? Haben Sie eine Ahnung? Sie tun doch was. Man hat Sie bereits beim Aufräumen von Schubladen beobachtet. Jedenfalls haben Sie hineingesehen. Außerdem haben Sie am Automaten einen Becher Kaffee gezapft. Und dann haben Sie eine witzige Mail empfangen und an interessierte Freunde weitergeleitet.

Es ist schade, dass in den heutigen Büros keine Bleistifte mehr angespitzt werden. Früher war das die Domäne der Jungfrau-Geborenen, und viele haben es damit bis zur Pensionierung geschafft. Heute sind etliche im sogenannten Controlling tätig. Wenn Sie schon nichts selbst auf den Weg bringen, sollten Sie ein Auge drauf werfen, was andere so tun. Denn missgünstig beobachten, das können Sie ja. Sie sehen grundsätzlich gern kritisch zu. Auch und gerade am Arbeitsplatz.

Für uns ist es deshalb unbegreiflich, dass Sie so selten über die Probezeit hinauskommen. Ihre Leistung mag nicht überwältigend sein, sicher nicht, aber sie ist verlässlich. Ihr Ideenreichtum ist nicht überschäumend, weiß Gott nicht, aber dafür können Sie unterscheiden, was Sinn hat und was Zeitvergeudung wäre. Sie sind bisweilen pedantisch, ja, und vermutlich zu ängstlich auf Sicherheit bedacht, stimmt alles, aber dafür verschwenden Sie keine Firmengelder. Sie arbeiten nicht selbstständig, das ist wahr, aber dafür tun Sie, was der Chef sagt. Sie ordnen sich unter. Sie ordnen sich ein. Sie stören eigentlich niemanden.

In Ihrem Arbeitszeugnis stehen dann trotzdem verdächtig freundliche Formeln: »Hat sich im Großen und Ganzen bemüht«, »versuchte stets, das Aufgabengebiet zu erkennen«, »war jeden Tag aufs Neue bestrebt, pünktlich zu sein«, »trachtete häufig danach, motiviert zu erscheinen«, »trat gegenüber Kunden und Geschäftspartnern bescheiden auf«, »fügte sich unauffällig in das Team«, »erledigte manches zu unserer Zufriedenheit«, »hat im Großen und Ganzen einige unserer Erwartungen erfüllt«. Besonders aufmunternd ist immer der Schluss: »Verlässt unser Unternehmen auf unseren Vorschlag hin« und »wünschen wir für die Zukunft alles erdenklich Gute«.

Das klingt alles ungewöhnlich positiv. Aber trotz dieses glanzvollen Zeugnisses könnten selbst wir uns nicht entschließen, Sie einzustellen. Wir würden lieber erst ein paar Monate darüber schlafen und hoffen, dass Sie die Idee inzwischen vergessen. Zweifellos sind Sie zum Angestelltendasein geboren, weil Sie sich so gut beugen und biegen und anpassen können. Doch man merkt Ihnen auch an, dass Sie vor allem auf Sicherheit aus sind und dass Sie sich täglich die Höhe Ihrer Rente ausrechnen. Das gibt Ihrem Enthusiasmus einen schalen Beigeschmack.

Also, was machen wir mit Ihnen? Was können wir Ihnen raten? Als eines der wenigen Sternzeichen haben Sie ja nichts dagegen, Ratschläge zu bekommen. Sie sind zwar nicht in der Lage, sie zu befolgen, aber Sie hören sie wenigstens an. Als eines der wenigen Sternzeichen besuchen Sie überdies Weiterbildungsveranstaltungen. Es kommt nie etwas dabei heraus. Aber Sie hatten nette Gesellschaft und konnten in der Mittagspause ein bisschen plaudern.

Wie bitte? Wann Sie Urlaub bekommen? Richtig, das interessiert Sie am meisten. Sie wollen auf Kur gehen und ein bisschen wandern, beides von der Kasse finanziert, und abends fernsehen und Sudokus lösen. Es wäre natürlich toll, wenn Sie das ingesamt zum Beruf machen könnten. Das wäre dann etwa: Kur-Sachbearbeiter in der Krankenkasse. Oder Lehrer auf Klassenreise.

Astrologen raten Ihnen im Allgemeinen, in die Verwaltung zu gehen, egal in welche, nur weg, und sich nie wieder draußen blicken zu lassen. Also Hausverwaltung, Finanzverwaltung, Verwaltungsrecht, Versicherung, Buchhaltung – es wird immer faszinierender –, Steuerprüfung, Datenverarbeitung, Bibliothekarswesen. Wir könnten uns aber auch etwas ganz anderes vorstellen, nämlich dass Sie als Kassierer an irgendeiner Museumskasse säßen, am besten im Bundesmuseum für Verwaltung.

Oder gibt es das noch gar nicht? Dann sollte es aber ganz schnell als Beschäftigungsmaßnahme für Sie gegründet werden! Es wäre nicht viel los da. Sie hätten drei Besucher pro Tag. Dazu ein paar nette Kollegen. Und Sie könnten sich Ihr Knäckebrot mitnehmen, Ihren Salat in der Plastikdose, Ihren Biokäse. Sie könnten ausgiebig frühstücken, langsam kauen und sich dabei unterhalten und ein bisschen nölen und mäkeln und andere beneiden. Alles wäre so wie jetzt, aber Sie würden Geld dafür bekommen. Na, wäre das was? Ja, da leuchten Ihre Augen! Zeigen Sie bitte mal Ihr Arbeitszeugnis!

So können wir Sie ködern und beerben

Indem wir Ihnen versichern, dass Sie kein schlechtes Gewissen zu haben brauchen.
Indem wir behaupten, Sie seien locker.
Indem wir bedauern, Sie nicht früher kennengelernt zu haben, weil wir Sie dann hätten heiraten können.
Indem wir uns die Haare raufen, weil nicht alle Menschen so vernünftig denken wie Sie.
Indem wir Ihnen therapeutische Fähigkeiten zusprechen.
Indem wir erklären, Sie könnten sich von Schuldgefühlen befreien, wenn Sie uns als Erben einsetzen. »Dann wird dir endlich leichter ums Herz!«
Tipp für Erben: Jungfrauen legen ihr Geld risikorarm an. Ihr Sicherheitsbedürfnis muss unterstützt werden: »Gib mir vorsichtshalber eine Kontovollmacht, falls was passiert.«

Häufige Todesarten

Im Weserbergland verlaufen.
Vom Airbag erdrückt.
Auf der Fastenkur verhungert.
Nicht mehr aus der Yogastellung gefunden.
Ins Sparschwein gerutscht.

Ihr Grabspruch

Wer diesen Text ohne Brille lesen kann, steht auf meinem Grab.

Typische Jungfrauen

Elisabeth I., unverheiratete Königin
Mutter Teresa, Nonne
Michael Jackson, Mönch
Erich Honecker, Staatsratsgeizhals
Agatha Christie, Papiermörderin
Richard Gere, Buddhist
Claudia Schiffer, Fasten-Model
Karl Lagerfeld, Magersucht-Designer
Heidi Kabel, Drögheits-Darstellerin
Sean Connery, bekannter Schotte

Waage

24. 9.–23. 10.

Warum wir Sie mögen

Sie bringen ein Element in unser Leben, das wir sonst nur aus der großen aufregenden Welt des Fernsehens kennen: das Element der Quiz-Veranstaltung. Bei Ihnen können wir, dürfen wir, müssen wir raten. Was wollen Sie? Weiß oder Schwarz? Wen meinen Sie mit »mein Partner«? A, B, C oder D? Was steht hinter Ihrem völlig inhaltsfreien Kommentar, etwas Nettes oder Böses? Was denken Sie in Wirklichkeit? Lügen Sie, um uns zu schonen oder um uns zu gefallen?

Eines ist sicher: Sie lügen. Nicht aus bösem Willen. Einfach aus Gewohnheit. Psychologische Untersuchungen zeigen, dass Waage-Geborene im Alter von drei Jahren zu schwindeln beginnen und bis zum Lebensende nicht mehr davon lassen können. Die wenigen, die aufhören wollten, behaupteten zwar, sie hätten es geschafft. Doch auch das entpuppte sich als Lüge. Es ist nicht zu ändern. Die Unehrlichkeit ist das herausragende Erkennungsmerkmal Ihres Sternzeichens, der Kern Ihrer Persönlichkeit.

Macht doch nichts! Wir finden das gut! Leute, die klar und direkt sagen »Hau ab, du Vollidiot«, mögen ja ehrlich sein; richtig sympathisch finden wir sie nicht. Würden Sie so etwas von sich geben? Niemals. Ihnen mag so etwas durch den Kopf gehen bei unserem Anblick. Doch Sie flöten: »Wie schön, dass ihr gekommen seid, hoffentlich könnt ihr ein bisschen bleiben!« Klingt doch viel besser! Und schon bleiben wir und trinken Ihren Prosecco und verputzen Ihre Antipasti. Danke!

Antiquierte Astrologen mäkeln, Sie seien meinungslos und konfliktunfähig. Gerade das gefällt uns! Wozu sollen Sie eine eigene Meinung haben? Wozu sich in Konflikte begeben? Es gibt genügend Meinungen und Konflikte. Es ist erleichternd, wenn jemand sie nicht vermehrt, sondern einfach neutral durch die Gesellschaft schwebt, anmutig, gewichtlos, hohl. Sie sind eine wunderbare Seifenblase. Sie spiegeln Ihre Umgebung in farbigen Schlieren. Und wenn es puff macht, bleibt nur ein feuchter Fleck, den man wegwischen kann. So pflegeleicht sind Sie.

Faul seien Sie, liest man in verstaubten Büchern. Na ja, sicher, lässt sich nicht leugnen. Total faul. Ihr idealer Platz ist das Sofa oder die Liege am Pool, Knabberkram und Süffelstoff in Reichweite. Finden wir beneidenswert! Auf ein bequemes, luxuriöses Leben seien Sie aus, nörgeln die alten Sterndeuter, und das bei geringstmöglichem Einsatz. Auch das trifft zu. Sie wollen nichts tun und trotzdem jede Menge Geld ausgeben. Ihr eigenes Vermögen kann es kaum sein, was Sie verpulvern. Wessen denn? Wohl eines, das Sie erschlichen, erschmeichelt und erschwindelt haben. Ist das verwerflich? Nein, das ist Kunst!

Fast alle Fälscher, Hochstapler, Heiratsschwindler haben die edle Waage-Betonung. Ganz und gar hohl können Sie also nicht sein. Nein, Sie sind auch berechnend und auf durchtriebene Weise raffiniert. Umwege finden, Schleichwege gehen, jemanden nicht direkt anpumpen, sondern in seinen Freundeskreis einsickern, Verbündete gewinnen, dann das Maximum absahnen: Das ist Waage-Kunst, Ihre Kunst. Und diese Kunst ist so selten, dass man auf Sie auch in Diplomatie und Spionage zurückgreift.

Ihr Unvermögen, etwas direkt und klar zu äußern, hat Sie zu einem nuancierten Arsenal von Heucheleien und Täuschungen geführt. Sie können Glatzköpfen suggerieren, sie hätten Haare, Dummies, sie seien intelligent, und Schwabbelbäuchen, sie seien sexy. Im Märchen vom Kaiser und den neuen Kleidern spielen Sie die Rolle des Schneiders, der dem König das pure Nichts anmisst, behauptet, es stünde ihm großartig, und für dieses Design die Hand aufhält. Sonderlich aufrichtig wirkt das nicht, aber es hat eine eigene charmante Kreativität.

Nun sei zur Abwechslung mal ehrlich, wird Ihnen vorgehalten. Sag einmal offen, was du denkst. Zeig deine Gefühle nur ein einziges Mal unverstellt! Ehrlich, offen, unverstellt – nöö. Erstens sind Sie nicht so gestrickt, dass Sie hinausposaunen, was Ihnen durchs Gemüt geht. Und zweitens wissen Sie auch gar nicht, was in Ihrem Inneren los ist. Manchmal forschen Sie nach Gefühlen und Gedanken und finden nichts Bestimmtes. Bereits als Kind haben Sie so viele schonende Filter eingebaut, dass jegliche Impulse nur verschwommen und nebulös Ihr Bewusstsein erreichen.

»Möglicherweise« oder »vielleicht« oder »irgendwie« äußern Sie deshalb. Und »sag du doch mal«. Sie selbst wissen nicht, was Sie wollen und denken. Vielleicht kriegen andere es heraus?

Ja, gern, versuchen wir. Was wir bisher herausgehört haben, ist, dass Sie uns irgendwie doch ganz witzig finden, mehr oder weniger. Dafür Dank. Und zweitens, dass Sie sich in dieser Beschreibung vielleicht einigermaßen dargestellt finden, also es könnte was dran sein, obwohl, aber ist ja auch egal. Noch einmal Dank! Dann legen wir ein bisschen nach.

Ihr sicherer Weg zum Liebeskummer

Viele Sternzeichen erfahren bis zu ihrem Lebensende nicht, was ein Epiliergerät ist. Waage-Geborene benutzen es von ihrem siebenten Geburtstag an. Stimmt's? Na gut, vom neunten. Vorher nur Wachsstreifen.

Auf jeden Fall haben Sie sich früh die Haare von den Beinen gerissen, aus den Achseln rasiert und aus den Brauen gezupft. Junge oder Mädchen, zum zehnten Geburtstag haben Sie sich so spannendes Spielzeug gewünscht wie Parfum, Klamotten, Haarspray, Körperlotion, Ohrringe, Kettchen und Tattoos. Dazu ein Abo für die Sonnenbank und zwei für Hochglanz-Magazine.

Sie trugen früh eine Fliege um den Hals oder eine Designerbrille. Das ist so geblieben. Soll man Sie tadeln? Im Gegenteil. Sie bringen das Schöne in die Welt. Ihre glitzernde Gepflegtheit spornt andere an, auch ein bisschen was für sich zu tun, wenigstens die Pickel auszudrücken und die Nasenhaare zu kürzen. Ohne Sie wäre die Menschheit hässlicher.

Wenden Sie Mascara und Lipgloss wirklich um der Menschheit willen an? Ja, tatsächlich. Um der Menschheit zu gefallen. Allen. Auch den Bösen, falls die am Ende doch vielleicht die Guten sind. Egal ob Mann oder Frau – manchmal wissen Sie das selbst nicht so genau –, Sie möchten everybody's Darling sein.

Sind Sie! Unser Darling ganz sicher! Und wenn Sie beim Shoppen über den Markt trippeln, denkt jeder Verkäufer, jede Verkäuferin, jede Gurke und jeder Grünkohl, Sie seien verliebt in sie. So liebreizend treten Sie auf. Wenn Sie auf einer Party erscheinen, glaubt jeder nach der Begegnung mit Ihnen, er oder sie habe beste Chancen. So einladend lächeln Sie. Die Person, mit der Sie hingegangen sind, weiß kaum noch, ob sie mit Ihnen zusammen ist.

Sie selbst werden ebenfalls unsicher. Wo jetzt so viele andere Ihnen Beachtung schenken, Komplimente machen, Aufmerksamkeit widmen. Sie sind süchtig nach Aufmerksamkeit. Sie saugen sie auf. Ach, all die herrlichen Chancen! Sollten Sie die ungenutzt verstreichen lassen? Müssen Sie wohl fürs Erste. Oder könnte jemand anderer besser zu Ihnen passen?

Vielleicht. Sie lassen Ihre Begleitung jedenfalls wissen, dass Sie noch andere Möglichkeiten hätten. Das ist kein Spiel. Das ist Zwang. Eine Fee hat bei Ihrer Geburt einen dreifachen Fluch in Ihr Wickeltuch gewebt. Erstens: Niemals werden Sie das Alleinsein aushalten. Zweitens: Lieber werden Sie die oder den Erstbesten nehmen als zu warten. Drittens: Sobald Sie sich für jemanden entschieden haben, wird Sie das Gefühl beschleichen, es sei die falsche Wahl gewesen.

So vergeht Ihr Leben. In der Furcht, es allein aushalten zu müssen. Immer das erste Opfer packend. Dann mit dem Gefühl, danebengegriffen zu haben. Stets im Zweifel. Erinnern Sie sich, was Ihre Mutter äußerte, nachdem sie in Ihrem Zeitungshoroskop gelesen hatte, Sie seien gerechtigkeitsliebend? Sie sagte: »Kind, das bedeutet aber nicht, dass du gleich jeden küssen musst!«

Haben Sie aber getan. Jede oder jeden, der gut aussah und gerade zur Verfügung stand. Und immer war da jemand. Jemand fürs Kino, jemand zum Knutschen, jemand für Partys. Kann nicht anders sein. Sie sind beziehungsabhängig. Immer muss etwas halbwegs Attraktives im Auto oder beim Fernsehen oder im Flieger neben Ihnen sitzen. Zum Vorzeigen. Als Anhängsel, damit Sie strahlen können. Um klarzustellen, dass Sie nicht einsam sind. Nur in stillen Momenten werfen Sie einen Blick zur Seite und fragen sich: Wie bin ich eigentlich dazu gekommen?

Immer aus Zufall. Weil es sich so ergab. Und irgendwie läuft es ja. Aus Furcht vor dem Alleinsein halten Sie jede Beziehung am Laufen. Konflikte gibt es kaum. Entweder geben Sie nach, weil es Ihnen eh egal ist. Oder Sie quengeln herum, bis der andere einlenkt. Nach außen beherrschen Sie die Kunst des Kaschierens: das Verbergen von Streitigkeiten und das Übertünchen von Gegensätzen. Sie geben den Smiley.

Finden wir rühmenswert! Aber bei Ihrem Partner wächst die Irritation. Ihr geschmeidiges Changieren lässt Zweifel aufkommen, wen oder was Sie wirklich meinen. Was ist der Kern Ihrer Persönlichkeit, falls Sie eine haben? Was verstehen Sie unter Liebe, falls Sie wissen, was gemeint ist? Hegen Sie überhaupt tiefere Gefühle?

Das wissen Sie selbst nicht. Ist ja ohnehin egal. Es ist auch nicht ernstzunehmen, wenn Sie nachts im Schlaf Namen nennen, die Ihrem Partner bislang unbekannt waren. Am Morgen fällt Ihnen ein: »So hieß die Hauptperson in einem Film, den ich gesehen habe.«

Glatt gelogen. Was Sie im Schlaf verraten und was sich auf Ihrem Netbook in kennwortgeschützten Dateien verbirgt, das sind die Namen von Ersatzkandidaten. Sie halten möglichst viele Eisen im Feuer. Wer Sie mal angeflirtet hat, bekommt einen Platz in Ihrem Mobilphone und wird regelmäßig angebeamt. Flirts in anderen Städten, Feuer der Vergangenheit: Sie sorgen dafür, dass sie weiterglühen. Nur Sie selbst glühen nicht. Finden wir cool!

So schaffen Sie den beruflichen Abstieg

Wir fragen Sie jetzt mal was. Was halten Sie hinsichtlich des mangelnden Engagements der Waagen für das größere Problem: Unwissenheit oder Gleichgültigkeit? Hier ist Ihre Antwort: »Weiß ich nicht, ist mir aber eigentlich auch egal!«

Genau. Daran könnte es liegen. An dieser leicht snobistischen Gleichgültigkeit. An dieser friedvollen Ignoranz. Daran könnte es liegen, dass man Sie loswerden will. Obwohl Sie so viel dafür ausgeben, dass andere Sie mögen, obwohl so viele Leute beinahe oder ganz und gar in Sie verliebt sind, obwohl Sie sympathisch lächeln und nie aus der Rolle fallen, obwohl Sie anderen von Ihrer Schlankheitsschokolade abgeben und wirklich rundum nett sind – Sie werden trotzdem gemobbt.

Nicht auf Anhieb. Zeitarbeits-Agenturen vermitteln Waage-Geborene sogar bevorzugt, wenn irgendwo das Betriebsklima in Schieflage geraten ist. Als schnelle Eingreiftruppe reisen Sie dann an, als Special Agent des harmonisierenden Ausgleichs. Und tatsächlich, bereits nach einer Woche Ihrer Tätigkeit – oder genauer Ihrer Präsenz – geht die Stimmung nach oben.

Das liegt daran, dass Sie niemandem Angst machen. Sie cremen Ihre Worte ein. Sie wollen niemanden verletzen. Sie hören zu. Sie äußern keine abweichende Meinung, höchstens als Frage, und versuchen, jeden fair zu behandeln. Sie streben nach Win-Win-Situationen. Sanft und vernünftig vermitteln Sie in Missverständnissen, die sich sonst zu Kriegshandlungen aufgeschaukelt hätten. Sie sind Mitglied der internationalen Friedenstruppe, nur dass Sie wegen Ihrer Frisur niemals einen blauen Helm aufsetzen würden.

Und trotzdem klingelt bei der Zeitarbeitsfirma irgendwann das Telefon mit der Botschaft: Sie können Ihre Waage jetzt zurückhaben. Oder der Personalchef bittet Sie in sein Zimmer und fragt, ob Sie noch andere Ideen hätten, nicht für die Firma, sondern für Ihr eigenes Fortkommen. Anderswo hätten Sie sicher viel bessere Chancen. Oder die Mitarbeiter, die Sie anfangs so angenehm fanden, entdecken eine Seite an Ihnen, die diese Mitarbeiter vollends glücklich stimmt: Ihre nachgiebige Seite.

Sie lassen sich viel und beinahe alles gefallen. Man kann auf Ihnen herumhacken. Man kann Sie mit ausgedachten Aufträgen ins Leere laufen lassen und blamieren. Man kann Ihnen Befehle geben – zeigen Sie bitte mal den Inhalt Ihrer Taschen? –, die Sie aus Unsicherheit und Gefälligkeit befolgen. Zu spät merken Sie, dass man sich über Sie lustig macht. Weil Sie keine eigene Position haben, werden Sie herumgeschubst. Weil Sie sich nicht entschlossen verteidigen, fangen sogar Schwächlinge an, Sie anzugreifen. Einstige Mobbing-Opfer frohlocken; endlich dürfen sie auch mal ran.

Das, was Sie Ihr ganzes Leben unterschwellig begleitet, brodelt in solchen Phasen fühlbar an die Oberfläche: Ihre Identitätskrise. Sie wissen nicht, wer Sie eigentlich sind. Bitte bemühen Sie sich nicht, es herauszufinden. Bevor es zu schlimm wird, nehmen Sie Abschied von diesen Leuten. Lassen Sie sich nicht von anderen mobben – kommen Sie zu uns!

Wir würden nur ein bisschen sticheln und pieken und an Ihrer Oberfläche kratzen. Ist das okay? Danke! Sehen Sie, so einfach geht das mit Ihnen. Aber wir würden dabei ganz ernsthaft von Ihnen profitieren. Denn die doppeldeutigen Botschaften, die Sie aussenden, trainieren unsere Intuition und unseren analytischen Verstand, also sowohl die rechte als auch die linke Gehirnhälfte. So etwas ist ganz selten, danke!

In Astrologiebüchern wird Ihnen häufig geraten, Richter zu werden. Nur das bitte nicht! Es gibt schon so viele Waage-Richter. Und wer sich bislang gewundert hat, warum Gerichtsentscheidungen dermaßen lange auf sich warten lassen, kennt jetzt den Grund. Waagen werden zuerst ungern tätig, und dann können sie sich nicht entscheiden.

Vergessen Sie die Ratgeber, die Sie wegen Ihrer charmanten Scheinheiligkeit in kirchliche Berufe stecken oder als Pressereferent, Imagepfleger, Gewinnspielverkäufer verheizen wollen. Zwar stimmt es: Die Leute in Badehose oder Bikini, die sich in Verkaufssendern durch Ratespiele mit debilen Anrufern quälen, das sind alles Waagen. Aber Sie sind uns mittlerweile so ans Herz gewachsen, wir möchten Ihnen solch ein Schicksal ersparen.

Vergessen Sie das mit den Berufen. Tun Sie, was Sie bereits als Kind vorhatten: Heiraten Sie lukrativ, ist ja egal wen, und widmen Sie sich den schönen Künsten. Sehen Sie sich also weiter Ihre Endlosserien im Fernsehen an, gehen Sie tanzen und ins Musical, fotografieren Sie sich selbst im Spiegel, üben Sie Paarlauf auf dem Eis, stellen Sie die Möbel um, probieren Sie neue Frisuren, testen Sie Parfums, fahren Sie Ihr Cabrio spazieren, blättern Sie in Zeitschriften, lassen Sie sich mit Klatsch versorgen.

Das müsste für ein langes, erfülltes Leben reichen. Und wenn wir dann mal zum Tee kommen und ein bisschen auf Ihnen herumhacken dürfen, dann sind alle gleichermaßen glücklich!

So können wir Sie ködern und beerben

Indem wir bestätigen, Sie hätten alles richtig gemacht.
Indem wir Ihren Stil und Geschmack rühmen.
Indem wir Ihnen eine Rolex aus Taiwan schenken.
Indem wir behaupten, bei Ihnen geselle sich zur äußeren auch noch die innere Schönheit.

Indem wir Ihnen ein beliebiges Ahnenbild vom Flohmarkt schenken, »deine Ururgroßmutter, die Herzogin von Weimar«.
Indem wir Sie um ein gerechtes Urteil bitten.
Indem wir darüber staunen, wie Sie sich verjüngt haben.
Indem wir behaupten, Sie könnten als Model gehen.
Tipp für Erben: Rechtzeitig Betreuer-Status beantragen! Waagen vergeuden sonst das gesamte Vermögen.

Häufige Todesarten

Den Rettungsring aus farblichen Gründen abgelehnt.
Beim Anprobieren nicht mehr aus der Kabine gekommen.
Zwischen den Fronten von beiden Seiten erlegt.
Unter der Gesichtsmaske erstickt.
Als Hohlform implodiert.

Ihr Grabspruch

Ungeöffnet zurück an Absender.

Typische Waagen

Adolph Freiherr Knigge, Benimm-Experte
Oscar Wilde, bisexueller Dandy
Farah Diba, greise Klunkerträgerin
Klaus Kinski, eitler Augenroller
John Lennon, friedensliebender Pantoffelheld
Brigitte Bardot, sonnengereiftes Model
Luciano Pavarotti, genussfreudiger Sänger

Ralph Morgenstern, Klatsch-Experte
Sarah Ferguson, gemobbte Prinzessin
Udo Jürgens, untoter Sänger

Skorpion

24. 10.–22. 11.

Warum wir Sie mögen

Im Ursprungsland der abendländischen Astrologie, in Ägypten, sah man in diesem Sternbild eine Schlange. Am Himmel sieht es tatsächlich so aus. Andere Völker erblickten einen Adler mit ausgebreiteten Schwingen. Egal, welches dieser Symboltiere Ihnen sympathisch ist: es mag weise, scharfsichtig, tiefsinnig und faszinierend sein, ein geselliges Wesen ist es auf keinen Fall. Zeitlebens zieht es einsam seine Bahn. Es hält von den anderen Abstand. Und andere von ihm.

Sie sind allein. Und Sie werden es bleiben, egal, wie viele Leute um Sie herum sind oder Ihnen zum Geburtstag gratulieren. Das liegt ein bisschen daran, dass Sie die Eigenschaften Ihrer drei Wappentiere vereinigen: Sie haben vom Adler die Krallen, den scharfen Schnabel und den stechenden Blick, von der Schlange die Fähigkeit unbeweglich zu verharren und plötzlich zuzuschnappen oder – falls Sie eine Würgeschlange sind – kräftig zuzudrücken, und vom Skorpion haben Sie die charmante Fähigkeit, giftige Stacheln auszufahren.

All das tun Sie natürlich nie, Sie doch nicht! Aber man spürt, dass Sie es könnten. Und das genügt, um einen kleinen Abstand für gesund zu halten. Eine psychosoziale Studie hat vor Kurzem nachgewiesen, dass Ihr Sternzeichen bei Weitem die meisten sogenannten Borderliner zur Gesellschaft beisteuert. Leute, die man früher vorsichtshalber in den Narrenturm sperrte, die man heute aber frei herumlaufen lässt, jedenfalls so lange, bis sie gefährlich werden.

Wir hier, wir sind heilfroh, dass Sie frei herumlaufen! Das möchten wir Ihnen nachdrücklich versichern! Wir sind stolz, dass wir Sie kennen und immer noch am Leben sind. Wir bewundern es, dass Sie mit Ihren bissigen Bemerkungen niemanden schonen, höchstens sich selbst. Und uns, ja? Wir wissen es zu schätzen, dass Sie Ihre Finger – oder sind es doch Krallen? Zeigen Sie mal! – , dass Sie die in die offene Wunde legen, bei anderen jedenfalls. Bei uns bitte nicht.

Sie sind kompromisslos, das finden wir rühmenswert. Andere verbergen ihre Intoleranz, Sie sparen sich diese Mühe. Andere heben sich ihre sadistischen Neigungen für stille Stunden auf. Sie gehen diesen Neigungen jederzeit nach.

Wirklich, wir fänden es schön, wenn Sie zu unserer nächsten Geburtstagsfeier kämen. Denn diese Feiern geraten oft zu lang. Und wenn Sie dabei sind, gehen die Gäste früher. Dazu brauchen Sie sich gar nicht anzustrengen. Das schaffen Sie ganz nebenbei. Etwa indem Sie eine fiese kleine Bemerkung ins Gespräch streuen oder die heldenhafte Erzählung eines Gastes mit höhnischem Gelächter quittieren. Oder indem Sie, wenn jemand etwas Lustiges erzählt, in eisiger Verachtung verharren.

Selbst wenn Sie nichts dergleichen tun, wird anderen bei Ihrem Erscheinen immer ein bisschen unwohl. Das hat einen tieferen Grund: Ihnen entgeht nichts. Sie erspüren die Stimmung. Sie merken, was verschwiegen wird oder unter den Tisch gekehrt werden soll. Sie holen es hervor. Sie sehen, was jemand verbirgt, und bringen es kaltblütig zur Sprache, bevor es ihm selbst ganz bewusst ist. So sorgen Sie, obwohl es kaum Ihre Absicht ist, unvermeidlich für peinliche Situationen.

Erinnern Sie sich, dass Sie schon als Kind nicht sonderlich häufig zu Geburtstagsfeiern eingeladen wurden? Die Mütter der anderen Kinder wollten es nicht. Erstens um ihre eigenen Kleinen zu schonen. Zweitens weil Sie die Spannung in der Familie gewittert haben, die Krise zwischen den Eheleuten, und weil Sie – diese Schwächen ausnutzend – die Erwachsenen an ihre Grenzen getrieben haben. Mehrere Ihrer Lehrer mussten sich in langwierige

Behandlungen begeben und haben sich nie wieder richtig erholt.

Verstehen Sie jetzt, warum Sie bei Schulaufführungen immer als Hexe, Drache oder böse Fee eingesetzt wurden? Wenn Sie sich heute zu einem sogenannten systemischen Familienstellen begeben würden, zu einer Art Therapietheater, würden Sie als geisteskranke Tante, Selbstmörder oder tyrannischer Stiefvater eingesetzt werden. Ist Ihnen schon passiert? Na bitte.

Wir würden Sie als Engel aufstellen, damit das mal klar ist. Wir würden Ihre heilerischen Fähigkeiten herausstreichen. Nur die Dosis macht das Gift, sagt ein altes Sprichwort. Und Sie können dosieren. Sie können heilen. Das mag mal weh tun, klar. Das mag mal unbequem sein, sicher. Da können Dinge zum Vorschein kommen, die wir lieber verborgen hätten. Aber wenn sie endlich ans Licht gelangen, dann sind wir froh und erleichtert. Nur so kann Gesundung geschehen! Total ganzheitlich natürlich!

Also, was wir damit sagen wollen: Wir finden Sie super. Sie brauchen uns nicht böse zu sein. Sie brauchen keine Rache zu üben. Sie müssen uns nicht bestrafen. Vielleicht lieber jemand anderen, ja? Denn wir finden Sie echt nett.

Ihr sicherer Weg zum Liebeskummer

Erinnern Sie sich, wie Sie als Kind Ihren Teddybären operiert haben? Er ist nie wieder ganz gesund geworden. Und wie Sie Ihrer Puppe die Füllung entnommen haben? Oder haben Sie lediglich die Augen entfernt? Egal. Sie haben damals bereits eine chirurgische Begabung gezeigt. Sie sind geeignet für die Gerichtsmedizin. Für die Anatomie. Für die sezierende Forschung. Denn Sie wollen alles herausbekommen. Bis zum letzten Detail.

Genau diese liebenswerten Neigungen und Talente bringen Sie jetzt in Ihre Beziehungen ein. Sie zersägen Ihren Partner nicht, jedenfalls nicht gleich am Anfang, obgleich es auch solche Exemplare Ihres Zeichens gegeben hat. Aber Sie werden mit Sicherheit die Füllung aus ihm oder ihr herauspulen, also sämtliche Gemütsbewegungen und zarten seelischen Regungen erspüren und ans Licht zerren.

Wer eine längere Beziehung mit Ihnen eingeht, verlässt diese Beziehung nicht mehr als derjenige, der er zu sein glaubte. Frühere Freunde werden den radikal Gealterten schwerlich wiedererkennen. Lebend herauszukommen, ist schon sehr viel. Der berühmte Satz – »Manche Leute, von denen man glaubte, sie seien längst tot, sind bloß verheiratet« – dieser Satz gilt für das Lebewesen an Ihrer Seite.

Nicht dass Sie Ihren Partner wegschließen würden. Eher spinnen Sie ihn ein. Sie machen ihm klar, dass die Beziehung zu Ihnen vollkommen erfüllend ist. Er benötigt nichts anderes mehr. Er braucht nicht mehr auszugehen. Frühere Verbindungen sind überflüssig geworden.

Denn jetzt sind Sie da. Sie sind viel. Sie sind alles. Vielleicht sogar mehr als alles. Auf jeden Fall mehr, als ein gewöhnlicher Partner verkraften kann.

Sie brauchen das Ungewöhnliche. Schade, dass so viele hoffungsfrohe Liebeskandidaten vor Ihnen zurückscheuen! Die fühlen sich angezogen von Ihrer Ausstrahlung und werden zugleich von einer bangen Ahnung erfasst. Die spüren das Kompromisslose, Unnachgiebige, Fordernde bei Ihnen.

Und Sie? Sie haben schon so manche Trennung hinter sich und manchen Rachefeldzug abgeschlossen. Sie haben Konkurrentinnen und Nebenbuhler vernichtet oder Abtrünnigen persönlich den Garaus gemacht. Sie wollen es jetzt lockerer angehen lassen? Geht nicht.

Sie driften sofort wieder in die Intensität. Sie können nicht taktieren. Sie werden direkt. Sie greifen an. Ihre Flirts haben etwas Bannendes. Ihr auserwähltes Geschöpf wird später behaupten, es sei willenlos gemacht worden. Oder es sei einfach nicht stark genug gewesen. Es habe sich gewunden, aber es habe sich Ihrem hypnotischen Blick und Ihrer Magie nicht entziehen können.

Ja ja, so etwas wird erzählt. Da können Sie eigentlich nur abwiegeln. Sie sind kein Hexenmeister und keine Liebeszauberin. Kein Insekt, das nach der Paarung den Partner auffrisst. Sie sind einfach nur kompromisslos. Sie verschwenden keine Zeit mit abtastender Konversation und Spielereien und oberflächlichem Tingeltangel. Deshalb ist Ihr Blick auch nicht schweifend und ausweichend, sondern fokussiert wie ein Brennglas. Wer davon getroffen wird, fühlt sich versengt. Sie wissen, was Sie wollen, und wenn Ihr Gegenüber das nicht so genau weiß, wird es sich Ihrem Willen beugen müssen.

Das ist Ihre Macht: dass die anderen nicht so genau wissen, was sie sollen oder wollen. Deren Unsicherheit und Geschwafel und Ausweichmanöver durchschneiden Sie provozierend und scharf. Politische Korrektheit, Gleichstellungsbemühungen und Ausreden zerfallen zu Staub. Wer von Ihnen auserwählt ist, muss entweder sofort glasklar Nein sagen oder entgeht Ihnen nie mehr. Oft hilft nicht einmal das Nein.

Die klassische Astrologie spricht von starken Wunschkräften. Was Sie sich wünschen, das bekommen Sie, weil Sie besser als jedes andere Zeichen all Ihre Energie auf ein Ziel ausrichten können. Und? Macht Sie das glücklich? Führt das zu erfüllten Beziehungen? Überhaupt nicht.

Es führt zu nächtlichen Abenteuern und zu bizarren Exzessen, die dämonisch und rauschhaft sein können. Viele Ihrer Partner werden sich ewig daran erinnern – oder nie mehr, weil sie traumatisiert sind. Auf jeden Fall werden alle erleichtert sein, wenn sie Ihnen entkommen sind.

Ihr Anspruch auf Alleinherrschaft ist es, der Ihre Liebhaber verjagt und Sie zuverlässig in die Einsamkeit führt. Wer soll Ihr kontrollierendes Misstrauen auf Dauer ertragen, wer Ihr detektivisches Spüren aushalten? Sie wollen keinen Frieden. Sie wollen Kampf. Und das ist kraftraubend für jeden Partner. Sie brechen einen Streit vom Zaun, nur, um mal wieder Reibung und Intensität zu spüren.

Weiter so. Für uns Durchschnittstypen ist es immer wieder aufregend, von Ihren Dramen zu hören. Ein bisschen beneiden wir Sie um Ihren Mut, an die Grenzen zu gehen. Und um Ihre Fähigkeit, abstinent zu leben. Aber was bleibt Ihnen anderes übrig?

So schaffen Sie den beruflichen Abstieg

In der Antike erwählte man die Schlangen- bzw. Skorpion-Geborenen zum Beaufsichtigen von Sklaven. Erstens wegen ihrer Begabung zu bohrender Kontrolle, zweitens wegen ihrer gnadenlosen Unnachgiebigkeit und drittens wegen ihrer süchtigen Liebe zu Macht und Tyrannei.

Diese Begabungen werden auch heute in Politik und Wirtschaft dringend gesucht. Sie haben also beste Chancen, Ihren Neigungen ungezügelt nachzugehen und dafür auch noch honoriert zu werden. Auf verborgene und offene Weise. Zwar sind die Gelegenheiten, Galeerensträflinge zu züchtigen oder Liebessklaven einzuarbeiten, nicht mehr so zahlreich wie früher, aber es gibt sie noch.

Warum also stehen Sie immer noch nicht an der Spitze einer Nervenheilanstalt, eines Bordells oder Energiekonzerns? Weil Sie Ihrem Aufstieg allzu oft selbst im Wege sind. Ist Ihnen schon aufgefallen, dass Sie immer wieder auf missgünstige Mitarbeiter treffen, auf neidische Untergebene und rachsüchtige Vorgesetzte? Ja, das ist Ihnen aufgefallen. Und Sie sind auch schlau genug, den Grund zu kennen: Diese Leute spiegeln etwas Essenzielles von Ihnen.

Darth Vader war Skorpion, wussten Sie das? Mit nachtschwarzem Outfit und Tarnkappe unbezwingbare Macht ausstrahlen, das ist Ihr Ding. Nicht nachgeben, bis alles zerstört ist: wunderbar. Darin sind Sie gut. Gewöhnlich arbeiten Sie anfangs diskret und unauffällig mit. Doch bereits in dieser stillen Phase geht etwas Untergründiges von Ihnen aus; etwas, das subversiv und unbestechlich Widerstand leistet.

Und irgendwann geht das nicht mehr. Dann müssen Sie Ihr Schweigen brechen. Müssen dringend ein offenes Wort sagen – auch um den Preis, sich selbst zu schaden. Und prompt schaden Sie sich selbst, Ihrer Stellung zumindest. Sie erleben Missgunst, Neid und Rache. Man will Sie loswerden. Ist gar nicht nötig. Sie gehen selbst. Laut Beschäftigungsstatistik sind Skorpione diejenigen Arbeitnehmer, die am häufigsten selbst den Hut nehmen und eine lukrativere Kündigung samt Abfindung gar nicht erst abwarten. Unvernünftig, aber konsequent.

Dann sind Sie also zurzeit stellungslos? Wir würden Sie gerne engagieren und würden Sie auch sofort durchwinken an die Spitze, schon um nicht mit Ihnen streiten zu müssen oder an die Wand gequetscht zu werden. Aber die Belegschaft hat von Ihrem Laserschwert gehört und streikt.

Ihnen bleibt also nur die Selbstständigkeit. Bleiben Sie allein. Stellen Sie niemanden an; das würde in Ihrem Fall nur zu langwierigen Prozessen vor dem Arbeitsgericht führen. Engagieren Sie einfach ein paar freie Mitarbeiter. Die können Sie fast ebenso gut peinigen und unterjochen, und ansonsten sind Sie Ihr eigener Chef.

Und was machen Sie? Alte Astrologiebücher schanzen Ihnen Berufe zu wie Gerichtsvollzieher, Gefängnisbetreiber, Scharfrichter, Schlachter, Leichenwäscher und Totengräber. Klingt das verlockend in Ihren Ohren? Wie bitte? Tatsächlich?

Wir hatten geglaubt, Sie empfänden das als Zumutung. Ist aber gar nicht so? Bitte, da gibt es freie Stellen. Es wird Sie freuen zu hören, dass Charles Henri Sanson, der Scharfrichter der Guillotine, ein Skorpion-Geborener war. Er hat während der Französischen Revolution einen Rekord aufgestellt, der heute noch im Guinness-Buch verzeichnet wird.

Dann können wir Ihnen ja auch mitteilen – obwohl wir es verschweigen wollten, aber Ihr Röntgenblick entlarvt uns –, dass es in Deutschland nicht genügend professionelle Lederträger, Peitscher und Fesselungsexperten gibt. Die Künstler in diesem Bereich sind stets überbucht. Sie als Tabubrecher sind von Herzen willkommen. Nur können wir Sie leider nicht beraten, da kennen wir uns absolut nicht aus.

Wir hatten an sanftere Betätigungsfelder für Ihre scharfen Begabungen gedacht: Sushi-Koch, Therapie, Akupunktur. Auch der klassische Skorpion-Beruf Tätowierer bietet dank der verbreiteten Neigung zum Arschgeweih wieder einen vielversprechenden Einstieg in die Selbstständigkeit.

Und sicher haben Sie schon gemerkt, dass Sie eine okkulte Begabung haben. Per Gläserrücken die Seelen Verstorbener zu Aussagen nötigen, Tarot-Karten ausquetschen, aufgestiegene Meister herabzwingen, das können Sie alles, wenn Sie nur wollen. Ein bisschen Manipulieren ist dabei erlaubt, erstens weil Sie das so gut können, zweitens weil es zum Wohle Ihrer Kunden geschieht.

Ihrem komfortablen Lebensunterhalt steht nichts im Wege – außer Ihrer eigenen grenzwertigen Persönlichkeit. Aber das wird schon. Und solange Sie nicht auf die Idee verfallen, mit uns zusammenzuarbeiten oder auch nur in unsere Nähe zu ziehen, versprechen wir Ihnen Glück, Sicherheit und Macht.

So können wir Sie ködern und beerben

Indem wir Sie zu einem Blind Date einladen.
Indem wir mit Ihnen Gummibärchen guillotinieren.
Indem wir Sie auf ein Gothic Festival begleiten.
Indem wir Ihnen Blutsbrüderschaft anbieten.

Indem wir Ihnen eine Tarnkappe schenken.
Indem wir Ihre Fragen mit »vielleicht« beantworten.
Indem wir Sie zu einem Krimi-Wochenende begleiten.
Tipp für Erben: Die autoaggressive Neigung der Skorpione nutzen und eine Lebensversicherung auf sie abschließen!

Häufige Todesarten

Im Krisengebiet als Geisel genommen
und verschollen.
Beim Proben eines Racheaktes selbst verunglückt.
Im Zuhälterkrieg erschossen.
Bei der Raubtierdressur den Tiger angeschrien.
Von Nahtod-Erfahrung nicht zurückgekehrt.

Ihr Grabspruch

Wanderer, flieh fort von hier,
sonst steht er/sie auf und zankt mit dir!

Typische Skorpione

Marie Antoinette, geköpfte Königin
Lucky Luciano, Mafia-Boss
Joseph Goebbels, Hetzredner
Beate Uhse, Sex-Business-Gründerin
Fritz Haarmann, Serienmörder
Charles Manson, Serienmörder
Regina Halmich, professionelle Schlägerin

SKORPION

Christoph Daum, fanatischer Trainer
Hillary Clinton, Strippenzieherin
Mahmud Ahmadinedschad, Drohpolitiker

Schütze

23. 11.–21. 12.

Warum wir Sie mögen

Danke, dass Sie unter uns weilen! Sie tun richtig gut! Wir finden es rühmlich und nobelpreiswürdig, wenn jemand alles daran setzt, unser Selbstbewusstsein zu liften. Und genau das tun Sie! Darin sind Sie unvergleichlich. Sie tun es nicht immer freiwillig. Das eher selten. Trotzdem Dank. Denn unfreiwillig sind Sie echt eine Hilfe.

Wie? – wollen Sie wissen –, wodurch? Nun, nicht durch Ihre brillanten Ideen. Sie haben ja immer diese einleuchtenden Vorschläge zur Verbesserung der Welt im Allgemeinen und zur Verbesserung unserer Lage im Besonderen. Sie fänden es selbstverständlich, wenn Ihre Gesprächspartner – wir zum Beispiel – Ihre Vorschläge sofort übernehmen und begeistert in die Tat umsetzen würden.

Sonderbarerweise geschieht das nie. Eigenartig, oder? Das wurmt Sie ein bisschen. Sie können sich diese Verweigerung absolut nicht erklären. Sie glauben ernsthaft, die Welt würde wesentlich besser aussehen, wenn mehr Leute Ihren genialen Vorschlägen folgen würden. Doch keiner tut es.

Sorry, wenn Ihnen das noch niemand gesagt hat: Wir kommen blendend allein zurecht. Sogar besser. Ohne Ihre Ratschläge und oberschlauen Weisheiten. Ihr Hang zum Missionieren gehört für uns eher zu den entbehrlichen Eigenschaften. Im Ernstfall würden uns Ihre Richtlinien, wie wir unser Leben zu leben haben, absolut nicht fehlen.

Aber etwas anderes würde uns fehlen: Ihre Tollpatschigkeit. Denn genau die ist es, und nur die, die uns immer wieder stärkt und aufbaut. Ihre zahllosen Pleiten, Ihre Flops und Pannen sind es, die uns Trost und Labsal spenden, uns und all den anderen Mühseligen und Beladenen dieser Welt.

Ihnen geht ja so herrlich viel daneben! Das macht Sie nicht nur liebenswert. Das macht Sie unverzichtbar. Noch der struppigste Underdog erlangt in Ihrer Gegenwart ganz von selbst ein Gefühl cooler Überlegenheit. Danke! So helfen Sie! Nicht aus freien Stücken, doch desto wirksamer.

Es ist wunderbar, wie Sie – während Sie der Runde gerade erklären, wie alles viel besser gemacht werden könnte – mit Ihren ausladenden Gesten zuerst Ihr Glas und dann die Rotweinflasche vom Tisch fegen. So viel zum Bessermachen. Schade nur, dass es meist nicht Ihr eigener Teppich ist.

Herrlich auch, wenn Sie allen Minderbegabten klarmachen, wo es langzugehen hat – und dabei auf einer Bananenschale ausrutschen, auf der einzigen weit und breit. Das kann man von Ihnen lernen: Sie sind zielorientiert. Sie treten immer genau dahin, wo man ausrutscht.

Ihre Heiterkeit steckt an. Sie sind ein willkommener Gast. Sie haben etwas Erfrischendes. Aber es ist auch immer sehr erleichternd, wenn Sie wieder abfahren. Mal unter uns: Könnten Sie nächstes Mal womöglich einen Tag früher fortreisen? Dann würden wir schon mal mit dem Putzen anfangen. Hinter Ihnen muss ja immer gründlich aufgeräumt werden. Während Sie da sind, hat es keinen Sinn. Und manchmal ist eine Totalsanierung fällig.

Ach, übrigens Abreisen: Besitzen Sie immer noch Ihren Führerschein? Dann ist vermutlich dieses verbeulte Auto auf der Straße Ihres? Oder sind Sie nur etwas zu dicht dran vorbeigefahren? Sieht jedenfalls passend aus.

Ein Schütze-Auto. Sie wissen, dass Schütze-Geborene in der Versicherungsstatistik die Top-Schadensverursacher sind? Und Sie haben gelesen, was die Präsidentin der britischen Autoversicherer geäußert hat: »Die Experten kommen allmählich zu der Schlussfolgerung, dass jeder Schütze selbst so eine Art Unfall ist.«

Also nein!, sagen wir, das geht zu weit! Obgleich Ihre Eltern, wenn man den Gerüchten traut, schon früh einen ähnlichen Eindruck gewannen. Oder waren es Ihre Großeltern? Wer war es noch, der Ihnen gesagt hat: »Du warst eine Art Unfall«?

Sie haben das nie ganz verwunden. Zumal es sich immer aufs Neue bestätigt hat. Obwohl viele Menschen Sie nicht mehr missen mögen. Wir zum Beispiel – und viele andere! Sie sind zu einer unverzichtbaren und allseits geschätzten Persönlichkeit geworden. Sind eine Art Star. Exzellent waren Sie in dem Film »Die Crash-Piloten«. Und noch überzeugender spielten Sie das Gegenüber von Louis de Funès in »Louis und seine außerirdischen Kohlköpfe«.

Bekamen Sie dafür nicht die Goldene Himbeere? Oder lief das nicht im Kino? War das live? Wenn man Sie so ansieht – doch, ja, wahrscheinlich. Es ist wahr. Sie und Ihresgleichen sind nicht nur fröhliche Hauptdarsteller in allen Pleiten-, Pech- und Pannenserien des Fernsehens. Sie sind selbst eine Art heitere Pannenshow. Wir lieben Sie! Und schön, dass Sie selbst darüber lachen können, Sie Glücksfall!

Ihr sicherer Weg zum Liebeskummer

Sie behaupten, Sie seien immer auf der Suche. Das halten Sie für tiefsinnig. Sie ziehen extra die Stirn kraus, wenn Sie diesen Stuss von sich geben. Immer auf der Suche! In Wahrheit haben Sie einfach keine Ahnung, was Sie wollen. Und obendrein fürchten Sie ganz schrecklich, Sie könnten sich blamieren.

Und das zu Recht. Ihre Auftritte in der Liebe hatten von Anfang an etwas Peinigendes. Beim ersten Flirt haben Sie Ihren Partner angeniest, frontal und ohne Feinstaubfilter. Beim ersten Tanz haben Sie zunächst sich selbst, dann ihm auf die Füße getreten und sind anschließend über Ihr eigenes Bein gestolpert. Beim ersten Date haben Sie vergessen, wo Sie sich verabredet hatten und mit wem. Und als es dann mal klappte, wurden Sie vom Magen-Darm-Virus angefallen.

So wird das nichts. Dabei wollen gerade Sie so gern einen außergewöhnlichen Eindruck machen! Die anderen sollen Sie für aufregend halten, für etwas ganz Besonderes und für betäubend erotisch!

Betäubend könnte hinkommen. Die Scheidungsraten zeigen es: Partner von Schützen resignieren früher als alle anderen. Woran liegt das nur? Wohl daran, dass reizende Schützen wie Sie es mit der Ehrlichkeit besonders schwer haben. Sie sind ständig darum bemüht, Fehler zu vertuschen und Schwächen zu verbergen. Sie sind dermaßen mit Ego-Make-up beschäftigt, dass für jemand anderen kaum noch Zeit bleibt.

Kein Wunder, dass Sie immer zu spät kommen. Zu jeder Verabredung. Jedesmal, bevor Sie das Haus verlassen, fällt Ihnen ein, was Sie alles noch nicht erledigt haben. Genau genommen haben Sie überhaupt noch nichts erledigt. Sie haben die Zeit damit verbracht, sich zu drücken. Jetzt, husch, husch, wollen Sie wenigstens den Brief eintüten. Also kommen Sie zu spät. Wieder und immer wieder. Wer soll das aushalten?

Sollten Sie ein Schütze-Mann sein, schaffen Sie noch ein weiteres Kunststück. Ihnen gelingt die einmalige Kombination: Sie kommen zuerst zu spät und dann unwiderruflich zu früh. Immer. Egal wie viele spezialisierte Therapeuten Sie aufsuchen. Na, schweigen wir davon.

Aber reicht es wenigstens zum Flirten? Na ja. Manchmal. Es kann sein, dass Sie eine gewisse Quirligkeit an den Tag legen. Möglich, dass Ihr Geschnatter ein paar müde Naturen anzieht. Doch wenn sich so ein melancholisches Wesen auf Sie einlassen will, möchten Sie schon wieder weg. Sie fürchten, dass Ihr wahrer Kern entdeckt wird. Deshalb flüchten Sie entweder oder reduzieren die Beziehung zur Small-Talk-Kumpeligkeit.

Sie halten sich für heißblütig. Aber gemerkt hat noch niemand was davon. Nur dass Sie jede Leidenschaft vermeiden, ist aufgefallen. Genau betrachtet besteht Ihr gesamtes Liebesleben aus Vermeidung. Leute mit tiefen Empfindungen sind Ihnen unheimlich. Ekstase – brr. Niemals würden Sie sich einer Sache oder einer Person ganz und gar hingeben. Das muss wirklich nicht sein, finden Sie. Quantität fanden Sie schon als Kleinkind attraktiver und überschaubarer als Qualität.

Sich vergnügen, amüsieren, Karussell fahren – herrlich! Sie fänden es super, wenn alle immer so herumprobieren und nur plätschern würden und wenn es ansonsten bei fröhlicher Plauderei bliebe. Ihretwegen sogar mit Zwinkern und Winken und Küsschen und Anhupen von fern. Aber Nähe finden Sie einschüchternd. Sie möchten sich nicht bloßgestellt sehen. Dabei wissen alle anderen längst gründlich Bescheid. Nur Sie selbst glauben noch, Sie müssten sich tarnen.

Bitte sehr, macht ja nichts. Drehen Sie sich nur bis in alle Ewigkeit um Ihr pflegebedürftiges Ego. Die Welt braucht Singles wie Sie! Braucht einsame suchende Herzen zum Füllen der Single-Bars und der Single-Reiseclubs und der Single-Annoncen und der spezialisierten Agenturen. In der Seniorenresidenz ist auch schon ein hübsches Einzelzimmer für Sie reserviert.

Bis dahin springt sicher noch der eine oder andere One-Night-Stand heraus. Jeder wird sich als Ausrutscher erweisen. Doch auch auf solche Weise kommen Kinder zustande. Ganze Familien werden so gegründet. Aus Versehen. Es gehört nun mal untrennbar zu Ihrem Leben, dass alles irgendwie aus Versehen passiert. Und dass Sie sich anschließend wundern, wie es dazu kommen konnte, gehört auch dazu.

Bitte wundern Sie sich weiter! Wer Sie kennt, für den gibt es immer viel zu lachen und weiterzuerzählen. Sie denken: Eigentlich bin ich ganz anders, nur komme ich irgendwie nie dazu. Und zerdrücken ein paar sensible Tränen. Na, vielleicht klappt es in der nächsten Inkarnation? Ganz bestimmt! Bis dahin bleiben Sie aber schön weiter auf der Suche, ja? Wir finden es so herrlich, Sie dabei zu beobachten!

So schaffen Sie den beruflichen Abstieg

Dort, wo am Himmel angeblich das Bild des Schützen zu sehen ist, erkannten bereits die Sterndeuter der Antike etwas ganz anderes: einen Vogel mit krummem Schnabel und schlappen Flügeln. Und wenn Sie heute in klarer Nacht nach oben schauen, sehen Sie diesen Vogel ebenfalls. Es ist Ihr Wappenvogel, das Wappentier des Schützen: der Pleitegeier.

Die zweitgrößte amerikanische Fondsgesellschaft hat kürzlich verfügt, dass angestellte Schützen niemals über die Position des mittleren Managements hinaus aufsteigen dürfen. Auch nicht bei scheinbar besten Leistungen. Sie halten das für bösartige Diskriminierung? Wir auch. Doch die Bilanzen erlauben keinen Zweifel: Schützen sind unübertroffene Meister darin, eine profitable Anlagefirma in den Bankrott zu treiben oder ein gesundes Unternehmen an die Wand zu fahren.

Warum eigentlich? Weil Schützen einerseits bezaubernd und liebenswert sind. So wie Sie. Heiter, lebhaft, charmant. Weil sie zugleich jedoch unbescheiden, selbstgerecht und scheinheilig sind. Auch genau wie

Sie. Kommen Sie, wir sind unter uns: Sind Sie jemals in der Lage, einen Fehler einzugestehen? Ja? Nein, niemals. Sie tun allenfalls mal so. Sind Sie fähig, sich selbst zu korrigieren? Sind Sie nicht. Unmöglich. Können Sie einen Rat annehmen? Absurde Vorstellung. Alle anderen sollen ja Ihren Rat annehmen. Sie halten sich für unfehlbar. Und das war schon immer der sicherste Weg in den Ruin.

Aber lässt man Sie überhaupt ran? Nachdem Sie so viele Ausbildungen begonnen und bald wieder abgebrochen haben? Wie oft haben Sie eigentlich das Studienfach, den Lehrer, das Ziel gewechselt? Am Anfang blüht immer Ihr Enthusiasmus. Doch Ihr Durchhaltevermögen ist denkbar gering. Wir sagen es nicht weiter, aber andere haben es auch schon gemerkt: Sie sind nicht belastbar. Bekommen Sie mit Ihrem bröseligen Lebenslauf überhaupt einen Job? Doch, überraschenderweise. Man stellt Sie ein, besonders in entlegenen Gegenden, wo niemand Sie kennt. Sie reisen ja gern. Und Ihre muntere Art zu reden muss auf den ersten Blick eine gewisse Überzeugungskraft haben. Dass es sich um die Munterkeit einer Spielernatur handelt, ist nicht allen auf Anhieb klar.

Nicht mal Ihnen selbst ist das klar. Nur dass Sie nicht mit Geld umgehen können, das haben Sie allmählich selbst geschnallt. Oder vielmehr: dass sich das Geld auf magische Weise verflüchtigt. Das wundert Sie nicht mehr. Das scheint so zu sein auf der Welt. Mit Ihnen selbst kann es absolut nichts zu tun haben. Ach! Ihre schwergeprüften Eltern wissen: Bereits als Kind kamen Sie keine drei Tage mit dem Taschengeld aus. Und jetzt überraschen Sie Ihren Arbeitgeber oder Mäzen, indem Sie kurz nach der Gehaltsüberweisung um einen Vorschuss bitten. Es hat wieder mal nur eine Woche gereicht.

Wer Ihnen Geld leiht, dem muss klar sein, dass er es verschenkt. Was machen Sie eigentlich damit? Nun, Sie spielen. Sie wetten. Sie ersteigern Dinge, die Sie witzig finden, mit denen Sie aber eigentlich nichts anfangen können. Sie füllen Lottoscheine aus, natürlich nach einem ausgeklügelten System. Sie pokern. Wenn Sie Roulette spielen, führen Sie eine Statistik, wie oft das Kügelchen wohin rollt. Tun Sie nicht? Warten Sie's ab. Die abgebrannten Gestalten, die in Spielbanken herumhocken, sind zu neunzig Prozent Schützen.

Also, was machen wir mit Ihnen? Sollen wir Ihnen einfach mal eine Medaille verleihen? Sie haben ja gern irgendwas, was Sie sich anstecken können. Eine Urkunde an der Wand. Einen gekauften Doktortitel. Wir dachten an eine Medaille für den höchsten Haufen an unerledigten Angelegenheiten auf einem Schreibtisch. Oder für die größte Ansammlung aufgeschobener Vorhaben. Für ein fortgesetztes Schleudertrauma auf allen Ebenen. Diese Medaille gebührt Ihnen. Weil Ihnen Bescheidenheit fremd ist und weil Sie sich selbst keine Grenzen setzen, weil Sie obendrein großspurig sind, schleudern Sie von Crash zu Crash.

Aber so schlimm ist das gar nicht! Mit dieser Begabung konnen Sie immer noch Missionar werden. Oder Pastor. Sogar Dozent. Oder professioneller Moralapostel bei irgendeiner Organisation zum Schutz von Regenwäldern, Wanderkröten, singenden Walen oder anderen benachteiligten Minderheiten. Wichtig ist nur, dass Sie Ihre Neigung zum Besserwissen ausleben können. Dass Sie recht haben dürfen, ohne sich kritisieren lassen zu müssen. Dass Sie mehr scheinen als sein dürfen.

Und wenn Sie so einen Posten ergattert haben, dann laden Sie uns mal ein, okay? Aber bitte, bevor Sie gekündigt werden! Lassen Sie ordentlich was auffahren, denn Sie geben sich gern spendabel, und das mögen wir an Ihnen. Nach Ihrem bewährten Motto »Viel hilft viel« möchten wir so richtig von Ihnen verwöhnt werden. Das haben wir doch verdient nach dieser schmeichelhaften Analyse, oder?

Na sehen Sie. Wussten wir es doch! Einem Schützen schmeichelt einfach alles! Sie sind auf alles stolz. Und wir auf Sie!

So können wir Sie ködern und beerben

Indem wir Ihnen mit großen staunenden Augen zuhören und ab und zu einwerfen: »Ach so!«

Indem wir behaupten, wir würden unser Leben nach Ihren Vorschlägen ändern.

Indem wir Ihnen ein Superlos mit Gewinngarantie anbieten.

Indem wir Sie für den Nobelpreis vorschlagen.
Indem wir Ihre Bücher durchsehen, zwischen deren Seiten Sie Geldscheine zuerst versteckt und dann vergessen haben.
Indem wir Ihnen erklären, Sie wären nach Unterzeichnung der Generalvollmacht allen Ärger los.
Tipp für Erben: Vor Antritt der Erbschaft den Kontostand prüfen. Schütze-Hinterlassenschaften bestehen oft nur aus Schulden.

Häufige Todesarten

Beim Joggen in den Gully gefallen.
Vom eigenen Regenschirm erschlagen.
Beim Predigen von der Kanzel gestürzt.
Von Kannibalen als Missionarsbraten verzehrt.
Beim Duell die Pistole falsch herum gehalten.

Ihr Grabspruch

Eigentlich wäre ich lieber woanders.

Typische Schützen

Boris Karloff, lebenslanger Frankenstein
Maria Callas, überdrehte Sängerin
Josef Stalin, russischer Weltbeglücker
Willy Brandt, deutscher Weltbeglücker
Renate Künast, grüne Besserwisserin
Heino, blinder Sänger
Rudolf Scharping, ungedopter Radfahrer

Uri Geller, Besteck-Zauberer
Britney Spears, Psychiatrie-Patientin
Hape Kerkeling, redseliger Pilger

Steinbock

22. 12.–20. 1.

Warum wir Sie mögen

Das kann eigentlich nicht sein. Dass Sie Steinbock sind. Und dass Sie trotzdem diese Zeilen lesen! Nein, das ist äußerst unwahrscheinlich. Weil Sie bestimmt was Besseres zu tun haben. Sie haben ja immer was Besseres zu tun. Wenn andere Leute übermütig sind, wenn andere spielen oder Abenteuer erleben, wenn andere sich entspannen oder Scherze machen, sich lieben oder Bücher lesen wie dieses hier – dann sind Sie garantiert mit etwas wirklich Wichtigem beschäftigt. Weil Sie tiefsinnig sind. Tiefsinniger als alle anderen.

Das ist also schon klar: Ein Steinbock sind Sie nicht. Vielmehr sind Sie jemand, der einen Steinbock kennt und nachschauen will, ob noch Hoffnung besteht. Ob da irgendwann mal was in Bewegung kommt bei Ihrem Steinbock. Ob sich da noch was zum Guten ändert. Na, wir sagen dazu nichts. Sie haben schon viele Härten hinter sich. Sie sind kaum noch zu schocken. Lesen Sie also weiter. Hoffen Sie weiter. Sie haben sicher gehört: Die Hoffnung stirbt zuletzt. Leider stimmt das nicht. Der Steinbock stirbt noch später. Der Steinbock oder die Steinziege ist das langlebigste aller Sternzeichen. Wenn Sie auf ein Erbe gehofft hatten, müssen Sie schon ein bisschen tätig werden und nachhelfen. Tipps dazu später.

Wie bitte? Sie sind doch Steinbock? Wirklich und leibhaftig? Oh, dann natürlich herzlich willkommen. Ist eine tolle Überraschung! Oder wollen Sie einfach mal checken, was andere über Sie denken und schreiben? Alles klar. Natürlich, Sie sind ja das misstrauischste aller Sternzeichen. Und zu Recht! Sie leben nach dem berühmten Sprichwort: Kontrolle ist gut, Gefängnis ist besser. So lautete das doch? Na, Sie wissen schon. Sonst fragen Sie einfach Ihre ehemaligen Freunde. Die wissen es bestimmt.

Aber damit Sie uns nicht falsch verstehen – Sie verstehen ja leicht etwas falsch: Wir sind froh, dass Sie da sind. Nicht nur hier und heute, sondern immer. Ohne Sie würden wir nichts gebacken kriegen. Wir würden vor uns hin müffeln und den Tag vertrödeln. Und mit der Zeit würden wir im Chaos versacken. Am Ende würde uns nichts anderes übrigbleiben, als Sie um eine kleine Spende zu bitten. Sie haben ja immer ein bisschen Geld übrig.

Aber damit das nicht passiert und damit wir stattdessen selbst in die Gänge kommen, gibt es Sie. Schließlich tragen Sie diese berüchtigten Schuhe mit der verstärkten Stahlkappe. Zeigen Sie mal. Genau! Und damit geben Sie uns ab und zu einen kräftigen Tritt. Danke! Oder Sie geben diesen Tritt zumindest Ihrem Partner. Falls er oder sie in diesem Moment nicht sprechen kann vor Schmerz: auch in seinem Namen Dank!

Denn es ist nur allzu wahr: Ohne Druck bringen wir oberflächlichen Stoffel nichts zustande. Und den Druck machen Sie. Niemand beherrscht das so gut. Sonderbar, bereits wenn Sie zur Tür hereinkommen, reißen wir uns unwillkürlich zusammen und streifen uns die Flusen vom Pullover. Bei Ihrem Erscheinen kommt es uns unweigerlich so vor, als hätten wir gerade Unsinn gemacht und Zeit verplempert. Nicht dass wir uns vor Ihnen fürchten. Das tut nur Ihr Partner. Wir haben Respekt. Sie können sich noch so locker geben, eine Aura von Autorität und Disziplin umweht Sie.

Wir mögen Sie also, weil wir dank Ihrer Anwesenheit endlich mal zu etwas Vernünftigem kommen. Wenn Sie auftreten, haben wir lange genug ferngesehen, im Web gesurft oder in der Sonne gelegen. Jetzt tun wir mal was. Wir räumen auf, erledigen, was wir bislang aufgeschoben haben, und machen ein bisschen Ordnung. Dazu bringen Sie uns durch Ihre pure Präsenz.

Und manchmal geben Sie ja auch ganz präzise Anweisungen. Damit wir wissen, woran wir uns zu halten haben. Forschungen haben mittlerweile klar erwiesen, dass der Prophet Moses ein Steinbock war. Dieser Typ, der auf einen Berg stieg, wohin ihm keiner folgen wollte. Das geht Ihnen auch häufig so. Und der dann herunterkam und zehn steinerne Gesetze aushustete, mit der Bemerkung, die seien alle von Gott persönlich erlassen. Das Volk hatte gerade lustig gefeiert. Damit war nun Schluss.

Gebote und Verbote in Stein gehauen, von ewiger Gültigkeit, in göttlicher Strenge verkündet und Schluss mit lustig: Das ist ungefähr, was Sie zu unserem Leben beitragen. Wir beschweren uns nicht, überhaupt nicht. Im Gegenteil. Steineschleppen ist sehr gesund. Bergaufgehen trainiert. Und mit gekreuzten Beinen und geradem Rücken auf einem Meditationskissen zu sitzen und die Tradition der Meister zu preisen, tut der Seele ganz bestimmt gut.

Warum Ferien machen, wenn man stattdessen arbeiten kann? Warum fröhlich sein, wenn es auch ernsthaft geht? Ohne Ihre Inspiration hätten wir bis heute nicht kapiert, dass das Leben mehr bietet als Spaß und Freude!

Ihr sicherer Weg zum Liebeskummer

Dornröschen war ein schönes Kind, behauptet ein Lied. Aber das ist nicht die ganze Wahrheit. Dornröschen war ein Steinbock. Eine Steinziege. Das haben mittlerweile sogar die Brüder Grimm zugegeben. Dornröschen wurde zwischen dem 22. Dezember und dem 21. Januar geboren. Das ist gesichert. In dem Zeitraum, in dem heute noch die böse Fee umgeht, zumindest in ökologisch einwandfreien Gegenden.

Dornröschen war durch und durch steinzickig. Erst häkelte sie ihre eigene Dornenhecke, dann wartete sie hundert Jahre, bevor sie jemanden durchkommen ließ. Als der Typ endlich zu ihr gelangte, war sie welk und zahnlos. Sie ging am Stock und hätte längst eine neue Hüfte gebraucht. All das nahm er in Kauf, um nur das Schloss zu erheiraten. Das klappte auch. Die alte Dornrose hatte später noch einen Auftritt als Hexe bei Hänsel und Gretel, und dann tschüss.

Erkennen Sie sich? Na gut. Sie sind jünger, das ist eindeutig. Aber dass schwer an Sie ranzukommen ist, das werden Sie nicht bestreiten. Keiner von uns ist bisher so richtig bei Ihnen gelandet. Alle werden von Ihnen auf Distanz gehalten, besonders diejenigen, die lieb zu Ihnen sein wollen. Die sollen sich erst mal durch Dornen kämpfen und dann noch über Mauern klettern. Sagen Sie mal – lohnt sich das eigentlich?

Viele Steinbock-Geborene verbreiten das Gerücht, sie seien im Grunde sinnlich und verfügten über vulkanische Leidenschaften. In der Praxis konnte das bislang nie bestätigt werden. Hätten Sie Lust, den Beweis anzutreten? Können Sie schnell mal auf vulkanisch machen? Nein, natürlich nicht. So mal eben und auf die Schnelle, das ist nicht Ihr Ding. Na, vielleicht in hundert Jahren?

Eines ist klar: Es ist schwierig mit Ihnen. Wer an Sie ran will, muss sich gewissen unangekündigten Prüfungen unterziehen. Schriftliche Arbeiten sind nicht fällig. Aber eine Beobachtung über einen längeren Zeitraum halten Sie für unumgänglich. Leider hat Ihr Blick etwas Unbestechliches. Man möchte Ihnen etwas vormachen, und es geht nicht.

Wer mit Ihnen lediglich flirten will, und sei es noch so harmlos, kommt sich rasch vor wie ein Wackelkandidat im Examen. Und wer erst mal wackelt, der macht bald was falsch. Der tritt in Fettnäpfchen, die vorher nicht zu sehen waren. Durchgefallen.

Wissen Sie, dass überdurchschnittlich viele Steinböcke und Steinziegen allein leben? Einsam hinter Burgmauern? Hinter unüberwindlichen Dornen? Gut, es gibt Fernsehen und Internet. Da spielt sich auch eine Menge ab. Sie können ja nichts dafür, dass Sie all die Spieler und Leichtgewichte und Abenteurer durchschauen. Sie sind einfach so gestrickt. Die Absichten sollen ernst sein. Auf spaßige Absichten stehen Sie nicht.

Und trotzdem fallen Sie rein. Und zwar gründlich. Das ist bitter für all diejenigen, die es gut gemeint haben und die abgewiesen wurden. Sehr bitter: jetzt zusehen zu müssen, wie Sie auf etwas völlig Unpassendes fliegen und in die Grütze fahren.

Der Grund ist Ihr verhängnisvolles Faible für Schwierigkeiten. Sie kommen erst in Gang, wenn es problematisch wird. Ihr Partner muss eine Art Härtefall sein, sonst läuft da nichts. So von der Sorte: borstig, liederlich und unverstanden. Ihren leidgeprüften Eltern ist diese Neigung schon aus frühesten Flirts bekannt. Unser kleines Steinböckchen könnte es so leicht haben!, seufzten sie, aber es sucht sich partout den beschwerlichsten Weg.

Daran hat sich nichts geändert. Sie verlieben sich in Leute, von denen Sie glauben, die bräuchten Sie. Vorzugsweise in Chaoten. In charmante Kindsköpfe, deren Leben Sie unbedingt auf die Reihe bringen müssen. Sie haben nun mal diese unleugbare Begabung zu Klarheit, Konsequenz und Struktur.

Und anfangs klappt das sogar. Ihr auserwählter Messie lässt sich Ihre ordnenden Eingriffe gefallen. Zumal Sie sogar das Zimmer aufräumen. Sie werden nicht als Putzhilfe tätig, da passen Sie schon auf, doch Sie sorgen dafür, dass das Leben Ihres Schutzbefohlenen frischer, klarer, sauberer wird.

Sie machen das nicht mit Gewalt. Sie sind besonnen. Planerisch. Sie haben Ausdauer. Aber ist Ihnen bekannt, dass man einer Katze selbst in jahrelangem Training nicht das Bellen beibringen kann? Sie macht am Ende doch Miau. So scheitert auf die Dauer auch Ihr Ehrgeiz. Der Langschläfer mag sich am Anfang Mühe gegeben haben; ein Frühaufsteher wird nicht aus ihm. Aus der Schlampe entwickelt sich keine qualitätsbewusste Lady, aus dem Messie keiner, der sein Leben in den Griff kriegt, aus dem

Frittenfresser wird kein Ökofreak, der obendrein für Ihre Kräutertees auf Bier verzichtet.

Na schön. Sie sind ja stark. Sind unabhängig. Selbstgenügsam. Müssen Sie auch sein. Dem Vernehmen nach sollen Sie sehr gut enthaltsam leben können. Das ist doch was! In hundert Jahren schauen wir mal vorbei, einverstanden?

So schaffen Sie den beruflichen Abstieg

Eigentlich wollen Sie nach oben. Langsam, sicher und unauffällig. Und von Ihrem Wappentier glauben Sie auch, dass es Schrittchen für Schrittchen aufwärts klettert, genau wie Sie das vorhaben. Aber das trifft nicht zu.

Haben Sie schon mal einen Steinbock auf einem Gipfel gesehen? Bestimmt nicht. Steinböcke erklimmen keine Gipfel. Die bleiben im Schatten des Berges auf einem öden Geröllhang, geben acht, dass sie nicht abrutschen, lassen ein paar Steine nach unten kullern und steigen zuweilen auf eine spärliche Almwiese ab, wenn der Magen knurrt.

Das Typische an diesen ziegenbärtigen Tieren ist nicht, dass sie nach oben streben, sondern dass sie einsam in völliger Ödnis ausharren. Immerhin, das scheint diesen Wesen nichts auszumachen. Und seit wir Ihre Wohnung kennen, sind wir sicher, dass es auch Ihnen nichts ausmacht.

Mit strohigem Futter in steinerner Wüste herumkraxeln, immer an der Frostgrenze, stets ohne Heizung, keine Seilbahn in Sicht, keine Jausenstation, kein Jagertee, kein Vergnügen und trotzdem lächeln und standhalten: Das ist schon mal was wert. Das sind erfolgversprechende Voraussetzungen für herrlich abwechslungsarme Berufe.

Viele Schornsteinfeger sind Steinböcke, wussten Sie das? Senkrecht Staub wischen, das wäre auch für Sie noch eine neue Herausforderung. Waagerecht beherrschen Sie das Putzen ja schon. Und Sie wollen hoch hinaus, Ihr Ehrgeiz zielt nach oben. Also bitte, wir würden Sie gern auf dem Dachfirst sehen, mit einer schicken Kehrbürste und ganz in modischem Ruß.

Sie haben eher geistige Interessen? Wollen aber nicht Ihre Entsagung zum Beruf machen und ins Kloster gehen? Schade, Sie fänden dort Ihresgleichen und ein paar verdorrte Jungfrauen. Nun, dann werden Sie Lehrer. Sie wissen: Der oder die mit dem festen Gehalt und der Beihilfe und der sicheren Pension. Leider verfügen Lehrer nicht mehr über dieselben Machtmittel wie noch in den guten alten Zeiten von Max und Moritz, wo man ungehörige Schüler über die Bank legte und verdrosch. Ihre zarte sadistische Seite können Sie da nicht mehr richtig ausleben.

Da bleibt Ihnen am Ende wohl doch nur der klassische Beruf des Steinbocks: der Beruf des Beamten. Aber was heißt Beruf? Das ist eine Berufung! Der Staatsdienst, das Eingebundensein in eine Hierarchie, wo jeder seinen

Platz hat – das ist das hehre Ziel eines jeden Steinbocks. Und selbst wenn einer es mal nicht schafft, Beamter zu werden, im Herzen ist er es, war es von Kindesbeinen an und wird es immer bleiben. Stimmt's? Genau.

Und das ist keine Schande. Im Gegenteil! Wir lieben Beamte! Schon die Vorstellung jagt uns Schauer über den Rücken: in einer großen Behörde bei Ihnen anzuklopfen oder erst mal im gebohnerten Flur vor Ihrem Zimmer warten zu dürfen, bis die Lampe aufleuchtet oder Sie gnädig »Herein« rufen! Und dann demütig und schuldbewusst vor Sie hinzutreten, um von Ihnen wegen irgendeiner Fristversäumnis abgekanzelt zu werden – das ist ein Erlebnis, das wir nicht missen möchten!

Sie auch nicht? Na bitte. Sie bringen alle Voraussetzungen für diese Karriere mit. Zunächst mal die offiziellen: Sie sind pflichtbewusst und zuverlässig, erscheinen morgens oft pünktlich, häufig sogar nüchtern, können Formulare ausfüllen und Gebührenmarken aufkleben, mögen keine Gesellschaft, lehnen Neuerungen ab und sind unnachsichtig mit würdelosen Bittstellern.

Und auch die inoffiziellen Voraussetzungen sind Ihnen eigen: das unversöhnliche Strafrichtertum und die Neigung zu feingeistigen Foltermethoden. Pardon, sagen wir lieber korrekt: die Begabung zum Erteilen von Rügen und zum Verabreichen gerechter Strafen. Auch aus den verstocktesten Verdächtigen können Sie Geständnisse, nun, sagen wir: herauskitzeln.

Fast kommt es uns jetzt so vor, als sollten wir Sie sofort einstellen. Zum Abrichten unseres schwer erziehbaren Hundes, zum Zurückweisen von Hausierern und Telefonvertretern, zum korrekten Trennen des Mülls und zum Abschließen der Wohnung. Denn auch Altwarenhandel und Wacheschieben gehören zu den klassischen Steinbock-Begabungen.

Noch lieber stellen wir uns jedoch vor, dass Sie unsere Steuererklärung ausfüllen. Wenn wir Vermögen hätten, dürften Sie es verwalten. Mit Geld können Sie umgehen. Sie denken wirtschaftlich. Sie sind – nein, nicht geizig, das hat jemand anderer gesagt, jemand der Ihnen nähersteht – Sie sind sparsam. Und weil Sie immer von einem geheimen Schuldgefühl angetrieben werden, hüten Sie sich vor krummen Sachen.

Kann man Besseres von Ihnen sagen? Ja sicher, kann man. Aber Sie werden ganz gern ein bisschen bestraft. Wofür eigentlich? Dafür dass Sie nicht gut genug sind? Na, kommen Sie. Wir finden Sie super! Sie sind geradlinig und doch auch flexibel, tiefsinnig, zugleich aber witzig! Wie finden Sie das?

So können wir Sie ködern und beerben

Indem wir behaupten, Sie seien geradlinig und doch auch flexibel, tiefsinnig, zugleich aber witzig.
Indem wir zutiefst bedauern, dass nicht Sie die Politik bestimmen.
Indem wir Sie bitten, uns qualitätvolle, haltbare Dinge zu empfehlen.

Indem wir fragen, woher Sie Ihre klare Ausstrahlung haben.
Indem wir behaupten, Sie seien nicht geizig, sondern sparsam.
Indem wir Ihnen versichern, dass wir durch Ihre Richtlinien glücklicher geworden sind.
Indem wir Ihnen das Buch schenken »So schreibe ich mein Testament«.
Tipp für Erben: Anderes Sternzeichen suchen. Steinbock-Geborene neigen dazu, ihre Erben zu überleben.

Häufige Todesarten

Wegen Kontrollzwangs nicht mehr aus dem Haus gegangen.
Von herabstürzenden Leitz-Ordnern erschlagen.
Durch ein Übermaß gesunder Kräutertees vergiftet.
Versehentlich im Wachsfigurenkabinett stehengeblieben.
Beim langsamen Bergsteigen zur Mumie erstarrt.

Ihr Grabspruch

Besuchszeiten nach Vereinbarung.

Typische Steinböcke

Isaac Newton, Philosoph der Schwerkraft
Konrad Duden, Regelerfinder und Richtigschreiber
Theodor Fontane, einschläfender Schriftsteller
Marlene Dietrich, knöcherne Diva
Mao Zedong, früh vergreister Diktator

Helmut Schmidt, tauber Raucher
Hildegard Knef, heisere Sängerin
Erich Mielke, Staatssicherheits-Chef
Jane Fonda, verkniffene Turnerin
Gunther von Hagens, Leichen-Aufbewahrer

Wassermann

21. 1.–19. 2.

Warum wir Sie mögen

Es ist ziemlich genau hundert Jahre her und immer noch verblüffend. In Wien studierte der geachtete Arzt und Astrologe Oskar Adler die Biographien von österreichischen Psychiatriepatienten. Ahnen Sie etwas? Ja, genau. Zu seiner Überraschung fand er heraus, dass man ohne die bezaubernden Wassermänner die Irrenanstalten hätte schließen müssen. Es wären zu wenig Insassen übrig geblieben.

Wissen Sie nun, warum wir so froh sind? Hören Sie weiter. Ein Psychiatrie-Professor namens John Edward

Mack bekam vor zwanzig Jahren den ungewöhnlichsten Auftrag, den die Harvard University je erteilte. Er sollte Entführungsfälle untersuchen. Nicht gewöhnliche Entführungen, sondern solche, bei denen die Opfer behaupteten, sie seien von Außerirdischen verschleppt worden. Mack wunderte sich nicht nur darüber, dass an vielen Fällen etwas Wahres zu sein schien. Ihm fiel noch etwas anderes auf: Die Mehrheit der angeblich Entführten waren Wassermänner.

Jetzt wissen Sie, warum wir so glücklich sind. Weil Sie immer noch frei herumlaufen! Sie toben nicht in irgendeiner Gummizelle, obgleich viele Ihnen gern mal dabei zusehen würden. Sie laufen nicht in einer Zwangsjacke durch die Gegend, obwohl Ihre Freunde der Ansicht sind, dieses Kleidungsstück stünde Ihnen großartig. Sie wurden auch nicht heimlich von Außerirdischen entführt, um im Raumschiff begattet, operiert oder genetisch upgedatet zu werden.

Obwohl – genau wissen wir das natürlich nicht. Etwas verschroben und eigenartig sind Sie ja. Und haben Sie nicht selbst mal erwähnt, dass Sie sich irgendwie fremd vorkommen in dieser Welt? Ja, Sie haben doch gesagt, es käme Ihnen vor, als seien Sie auf dem falschen Planeten gelandet? Vielleicht sollten wir das Thema nicht vertiefen.

Sagen wir einfach: Wir sind dankbar, dass Sie da sind. Wir mögen Leute, die ein bisschen anders sind, wunderlich, seltsam, skurril. Leute, die sich selbst isolieren. Leute mit nervösen Ticks. Wir mögen Außenseiter wie Sie, weil wir sonst nicht wüssten, wen wir so ein bisschen piesacken könnten.

Bei Ihnen geht das so gut! Sie tragen zwar einen egozentrischen Hochmut zur Schau, aber jeder sieht, dass sich darunter eine edle Ich-Schwäche verbirgt. Zwar tun Sie so, als fänden Sie sich großartig, doch alle spüren, dass Sie nur eine trübsinnige Selbsteinschätzung überspielen wollen. Ja, gute Idee, überspielen Sie! Seien Sie widerborstig! Und wir dürfen Sie trotzdem ein bisschen zwiebeln und triezen, ja?

Dann gleich etwas Naturwissenschaftliches. Sie haben ja was übrig für Wissenschaft. Der erwähnte Arzt und Astrologe Oskar Adler führte die Eigenbrötelei und das schrullige Wesen der Wassermänner darauf zurück, dass bei diesem Sternzeichen die embryonale Gehirnentwicklung in der heißesten Zeit des Jahres stattgefunden hat. Das hinterlässt Spuren! Wir immerhin sind froh, dass überhaupt eine Art Gehirnentwicklung bei Ihnen stattgefunden hat. Ihre Eltern hegen heute noch Zweifel daran.

Wir hingegen sind überzeugt. Wir mögen es, wenn Sie sich originell geben und so außergewöhnliche Sätze äußern wie: »Ich bin eben Individualist« oder »Man kann mich in keine Schublade einordnen« oder »Ich weiß nur, dass ich nichts weiß«.

Letzteres sagen Sie immer, wenn Sie eine Vase zerschmissen, den Kotflügel zerbeult haben oder Vater beziehungsweise Mutter werden. Mit Ihrem brüchigen Selbstbewusstsein ist es einfach nicht vereinbar, dass Sie für irgendetwas Verantwortung übernehmen. Sie verlegen sich lieber auf das Erfinden von Entschuldigungen. Und falls jemand Ihre Ausflüchte nicht akzeptiert, fühlen Sie sich unverstanden.

Unverstanden durch die Welt zu gehen, ist Ihr liebstes Hobby. »In mir habt ihr einen, auf den könnt ihr nicht bauen«, hat mal ein wetterwendischer Kollege von Ihnen gesagt. Das passt. Deshalb verlassen wir uns gar nicht erst auf Sie. Wir planen Sie nicht ein. »Ich kann nichts versprechen«, betonen Sie, als könne stets etwas extrem Wichtiges dazwischenkommen. Kommt zwar nicht, aber Sie brauchen trotzdem nicht pünktlich zu sein. Wenn Sie irgendwann inkognito auftauchen, wunderbar.

Wir verstehen, dass Sie ganz schreckliche Angst haben, durchschaut zu werden. Vielleicht, weil da so wenig ist? Sie möchten sich lieber verkannt fühlen. Okay, einverstanden, wir verkennen Sie. Dann können Sie sich für genial halten. Wir sind auf Ihrer Seite.

Wahrscheinlich ist die Welt noch nicht reif für Sie. Für so unkonventionelle Leute, die als Embryo zu heiß gegart wurden. Aber wir sind sicher, irgendwann wird die Welt zu einem großen Irrenhaus umgebaut sein. Und dann müssten Sie eigentlich das Gefühl haben, Sie seien endlich zu Hause angekommen.

Ihr sicherer Weg zum Liebeskummer

Die meisten Astrologen halten den Wassermann für ein asexuelles Sternzeichen. Wir ebenfalls. Aber wir würden so etwas niemals ausplaudern und erst recht nicht in ein Buch schreiben.

Zumal es ja auch nicht ganz stimmen kann. Denn sogar Wassermänner pflanzen sich fort. Keiner weiß, auf welche Weise. Verraten Sie doch mal was! Denken Sie ruhig ein bisschen nach. Wir geben Ihnen Zeit. Na? Geht es mit dem Reagenzglas? Oder doch via Ufo?

Sicher ist, dass Sie sich mit beginnender Pubertät gefragt haben, was das soll. Das mit der Liebe und so. Was die anderen da machen. Gefühl und dieser Kram. Und weil so viele andere damit beschäftigt waren und weil Sie sich nie richtig dafür erwärmen konnten, haben Sie eine einleuchtende Erklärung ersonnen: Liebe und Sex, das ist was für die Masse. Ich bin für das Höhere zuständig.

Wir wünschen weiterhin viel Spaß mit dem Höheren. Aber Vorsicht: Trotzdem könnte sich jemand finden, der sich in Sie verliebt. Hoffentlich ist es jemand, den es nicht stört, wenn nichts zurückkommt. Denn von Ihnen kommt nichts. In Sie kann man fuderweise Liebe hineinbuttern – Ihre bejammernswerte Mutter hat sich daran aufgerieben –, Sie bleiben völlig unberührt. Sie sind freundlich, doch, ja, das schon. Auch mal hilfsbereit, wenn es sich partout nicht vermeiden lässt. Aber wer Wärme sucht, gefriert bei Ihnen zur Gletschermumie.

Ganz bitter dran sind Menschen, die bei Ihnen einen Hauch von Verbundenheit spüren möchten. Die sich gelegentlich, es muss ja nicht immer sein, zugehörig fühlen wollen. Ausgerechnet zu Ihnen, oh Schreck! Die womöglich, und jetzt wird es ganz fürchterlich, so etwas wie Nähe suchen.

Die sind bei Ihnen total an der falschen Adresse. Was ein Liebender bei Ihnen finden kann, ist gleichgültige Distanz. An guten Tagen noch so etwas wie lässige Unverbindlichkeit. Immerhin bieten Sie einem entflammten Herzen pure Erfrischung: frostige Kälte mitten im Hochsommer. Ist das etwa nichts? Für viele leidenschaftlich Verliebte muss das heilsam sein, für alle Zeit.

Interessierte Besucher, die sich in Ihre Wohnung verirrt haben, womöglich in der Hoffnung auf romantische Stunden, berichten von einem Gefühl völliger Unbehaustheit. Bereits Ihre Einrichtung ist eine einzige Zurückweisung. Meist ist nirgendwo Platz zum Sitzen oder gar Liegen. Dazu kommt die Empfindung, alle Fenster stünden offen und ein polarer Wind wehe durch die Räume. Dabei sind die Fenster geschlossen. Es ist lediglich Ihre arktische Ausstrahlung.

Schade, dass es nicht mehr Menschen gibt wie Sie. Dann hätte die globale Erwärmung keine Chance. Die Polkappen würden nicht abschmelzen, sondern anwachsen. Aber Sie tun ja nicht wirklich was für Ihre Vermehrung! Sie sind weder sinnlich noch leidenschaftlich. Wer mit Ihnen ins Bett geht – wir dürfen diese Intimität erwähnen, weil es sich bei Ihnen um etwas Unerotisches handelt –, der oder die erfährt bestenfalls so etwas wie unterstützende Kameradschaft.

Erregung, Rausch, Ekstase sind Ihnen fremd. Doch wenigstens machen Sie manchmal mit, wenn auch nur aus experimentellen Gründen. Das ist der Forschergeist in Ihnen. Sie erkunden gern fremdes Terrain und – jetzt wird es doch noch spannend – haben ein gewisses Interesse an bizarren Verstiegenheiten. Stimmt es, dass Sie gern eine Maske aufsetzen? Na, geht uns nichts an.

Dass andere bei körperlichen Begegnungen in Verzückung geraten, finden Sie absurd und unpassend, ja sogar beklemmend. Sie möchten einfach nicht verantwortlich sein für emotionale Bekundungen. Sie wollen nicht in die Pflicht genommen werden. Sie möchten sich nicht gebraucht fühlen.

Sie selbst brauchen auch niemanden. Sie kommen gut allein zurecht, besser sogar. Schon zu Ihrer Familie haben Sie sich nie als zugehörig empfunden. Nun möchten Sie auch nicht an einen Partner gebunden werden. Es ist Ihnen wichtiger, jederzeit gehen zu können. Falls Ihnen ein partnerschaftliches Versprechen abgerungen wurde, gilt das nicht. Ohne Gewissensbisse kündigen Sie es kurzerhand auf.

Scheußlich, dass Sie charmant sein können, gelegentlich sogar verführerisch, gerade durch Ihre Zurückhaltung. Schlimm, dass Sie zuweilen liebenswürdig auftreten. Denn wer sein Herz an Sie hängen will, muss viel einstecken. Bindungsunfähig sind Sie auf jeden Fall. Sind Sie aber gefühllos, wie alte Astrologiebücher behaupten? Seelenlos sogar? Nein. Das haben unglücklich Verliebte geschrieben.

Wir finden Sie sympathisch. Wir schätzen Sie als lustigen und unzuverlässigen Freund. Wer mehr bei Ihnen sucht, ist selber schuld.

So schaffen Sie den beruflichen Abstieg

Sie müssen selbstständig sein. Niemand hält es aus, unter Ihnen zu arbeiten. Ihre Entscheidungen sind nicht nachvollziehbar. Ihre Ideen nicht umsetzbar. Ihr Führungsstil ist kraus. Sonderbarerweise hält es auch niemand aus, *mit* Ihnen zu arbeiten. Weil Feingefühl Ihnen fremd ist, lassen Sie Bemerkungen los, deren verletzende Tiefenwirkung Ihnen selbst unklar bleibt. Rätselnd bemerken Sie, dass die Mitarbeiter sich verabschieden.

Und schließlich hält es nicht einmal jemand aus, *über* Ihnen zu arbeiten. Das liegt wohl daran, dass Sie auf Gleichheit beharren, nicht mit denen, die unter Ihnen sind, sondern mit den Vorgesetzten. Sie können sich nicht unterordnen. Sie können sich nicht mal einordnen. Ordnung überhaupt finden Sie störend.

Deshalb die Selbstständigkeit. Da können Sie in die Pleite rauschen, ohne allzu viele andere mitzureißen. Sie wissen, dass die meisten Privat-Insolvenzen von Wassermännern angemeldet werden? Vielleicht haben Sie bereits zu der hohen Zahl beigetragen. Wenn nicht, kommt es sicher bald.

Warum ist das so? Sie sind doch zur Schule gegangen! Hat nichts genützt. Sie haben eine Art Ausbildung gemacht! Davon ist nichts hängen geblieben. Was immer Sie durchlaufen, Sie kommen als dasselbe kuriose Wesen heraus, als das Sie hineingegangen sind. Man kann Ihnen nichts beibringen. Sie sind beratungsresistent.

Möglicherweise haben Sie in einem Astrologiebuch gelesen, Wassermänner seien originelle Erfinder. Na ja. Bierfassständer, radfahrtaugliche Fliegenpatsche, Kippsicherung für Gartenbänke, Hundetoilette zum Umhängen, selbstkauendes Kaugummi – die Patentämter sind schon reichlich genervt. Aber machen Sie ruhig weiter. Wir sind sicher, dass Sie später Ihren Enkeln vorführen dürfen, was Sie so im Keller haben und was sehr gut hätte funktionieren können, wenn nur, ja, wenn – das wissen Sie eigentlich auch nicht. Nur dass Sie nie etwas konsequent zu Ende bringen, das wissen alle.

Berufsberater und die Agenturen für Arbeit verfallen seit einiger Zeit auf den Trick, Wassermännern zur Esoterik zu raten. Einfach um Sie loszuwerden. Oft klappt das für immer. Sie und Ihresgleichen messen begeistert Erdstrahlen, entdecken negative Luftionen, hängen sich Magnetstreifen um den Nacken, neutralisieren Wasseradern, baden in Himalaya-Salz und verkaufen Klebefolie gegen Elektrosmog. Es muss nur den Anschein des

Technischen und Messbaren haben, dann driften Sie ab in die Gefilde wilder Geheimlehren.

Können Sie damit, jedenfalls bis zu Ihrer Einweisung, Geld verdienen? Manche Wasserfrauen und Wassermänner sollen es geschafft haben. Die meisten jedoch behaupten, dass irgendwann in der Zukunft dafür jede Menge Geld gezahlt werden würde, bald, ganz bestimmt. Wenn die Zeit endlich reif dafür ist. Das bleibt Ihr Dilemma: Die Zeit ist nie reif für Sie. Vielleicht auch Sie nicht reif für die Zeit.

Auf jeden Fall eignen sich Ihre rätselhaften Begabungen schlecht für die Gegenwart auf diesem Planeten. Später mal, wenn sich das galaktische Fenster öffnet und es den ganz großen Shift gibt, wenn die Weltbevölkerung geschlossen den nötigen Bewusstseinssprung macht, dann kommen Sie natürlich ganz groß raus. Oh ja! Dann werden wir uns noch umdrehen nach Ihnen! Ach bitte, wenn das passiert, denken Sie dann daran, dass wir immer auf Ihrer Seite waren, ja?

Aber es passiert nicht. Bei uns Dummies auf dieser grobstofflichen Welt finden Quantensprünge immer nur auf der molekularen Ebene und darunter statt, und das kriegt nie jemand mit. Es ist zum Seufzen. Unser klobiges Bewusstsein wird niemals Ihre subtilen Ebenen erreichen. Oder pragmatisch gesagt: Sie werden nie richtig Geld verdienen. Ob wir nun Welle sind oder Teilchen, wir müssen Sie weiter durchschleppen.

Was machen wir mit Ihnen? Sie können vieles ein bisschen und nichts so richtig. Ein bisschen zeichnen, ein bisschen tanzen, ein wenig jonglieren, Star Wars spielen, den Clown geben, Coladosen sprengen, Zuckerwatte selber machen, Bleistifte auf dem Zeigefinger balancieren, Mobiles aufhängen, grell die Haare färben, Musik am Computer entwerfen, Energie per Handauflegen übertragen, Böller bauen, Waffeln backen, an der eigenen Website herumprokeln. Alles sehr schön. Aber wer zahlt Ihnen den Unterhalt?

Weil Sie sich insgeheim immer als genial eingeschätzt haben, haben Sie alles wieder beiseitegelegt, was Ihnen nicht auf Anhieb gelang. Sie üben einfach ungern und lassen sich nur äußerst widerwillig etwas sagen oder zeigen. Das könnte ja andeuten, dass Sie doch kein Genie sind. Und so bleiben Sie ewig, was Sie schon immer waren: Dilettant.

Okay, wo ist Ihre Spendendose? Wir, damit das mal klar ist, wir halten Sie für ein Genie!

So können wir Sie ködern und beerben

Indem wir Sie auffordern, uns Ihre neuesten Erfindungen vorzuführen.

Indem wir Ihnen raten, den ganzen Bastelkram beim Patentamt anzumelden.

Indem wir Ihnen versprechen, Sie nicht sofort einliefern zu lassen.

Indem wir Sie bitten, uns den Quantensprung zu erklären.

Indem wir Sie für den Innovationspreis der deutschen Stiftungen vorschlagen.
Indem wir Sie schließlich doch von unserem Psychiater-Freund einweisen lassen.
Tipp für Erben: Wassermann-Hinterlassenschaften bestehen meist aus Sammlungen unausgegorener Tüfteleien. Vor dem Antritt der Erbschaft unbedingt prüfen!

Häufige Todesarten

Bei der Konstruktion eigener Feuerwerkskörper explodiert.
Beim Tsunami-Surfen verschollen.
Beim Drachensteigenlassen an die Hochspannungsleitung geraten.
Bei der Tornadoforschung in den Orbit geschleudert.
Vom Zigarettenholen nicht zurückgekehrt.

Ihr Grabspruch

Ich bin drin!

Typische Wassermänner

Leopold Ritter von Sacher-Masoch, Masochist
Jules Verne, bizarrer Erfinder
Wilhelm II., abgedrehter Exil-Kaiser
Yoko Ono, Sprengerin beliebter Gruppen
Ronald Reagan, origineller Schauspieler
Stéphanie Grimaldi, Zirkus-Prinzessin
Gotthilf Fischer, wirrer Dirigent

Hella von Sinnen, lebende Karnevalspuppe
Robbie Williams, nägelkauender Sänger
Paris Hilton, Haftentlassene

Fische

20. 2.–20. 3.

Warum wir Sie mögen

Wir mögen Sie, weil wir nichts von Ihnen merken. Nicht mal jetzt, da Sie diese Zeilen lesen. Hallo? Fisch? Huhu! Sind Sie da? Irgendwie schon, oder? Aber nur als farbloser Fleck im Hintergrund oder als schwebender Dunst oder konturloser Schatten. Man bemerkt Sie nie. Zum Glück. Nach einer Party weiß keiner: Haben Sie teilgenommen? Selbst wenn es Ihr Geburtstag war. Niemand kann sich erinnern.

Als Kind hat man Sie regelmäßig am Strand und auf dem Spielplatz vergessen. Wenn Sie Geschwister hatten, hat Ihre Mutter immer nur diese vorgestellt: Das sind meine beiden Kinder. Obwohl Sie zu dritt waren. Ach, da ist ja noch eins! Im Testament werden Sie nicht berücksichtigt. Versehentlich. Aber Geld bedeutet Ihnen ohnehin wenig.

Der Lehrer hat Sie beharrlich als fehlend eingetragen, obwohl Sie in der Klasse saßen. Immerhin konnten Sie unerkannt durch die Schule rutschen, mit unauffälligen Noten, immer als purer Durchschnitt, weil bei der Zeugnisvergabe niemand wusste, was Sie gesagt oder geschrieben hatten und ob überhaupt. Sie sind häufig zu spät gekommen, auch das hat niemand bemerkt.

Einer berühmten Untersuchung zufolge tauchen Fische in Anwesenheitslisten – von Versammlungen, Sitzungen, Meetings – von allen Sternzeichen am seltensten auf. Nicht, weil sie so selten dabei sind, sondern weil ihre Anwesenheit unweigerlich übersehen wird. Fische, glaubten die Astrologen des Mittelalters, hätten die Fähigkeit sich unsichtbar zu machen. Umgekehrt stimmt es wohl eher: Sie schaffen es nicht, sich sichtbar zu machen.

Wir aber, wir übersehen Sie nicht. So ausdruckslos Sie sein mögen. So schwammig Ihre Präsenz auch wirkt. Wir lieben Ihr Fluidum, das Ihren eigenen nebligen Aquarellen gleicht. Sie wirken verschwommen und zerlaufen. An manchen Tagen sogar aufgedunsen. Das liegt an den

Flüssigkeiten, die Sie am Abend zuvor genossen haben. Sie fühlen sich gern eins mit allem, und das funktioniert am besten, wenn Sie die gesetzliche Promillegrenze großzügig hinter sich lassen.

Durchsichtig, wie einige alte Sterndeuter meinten, sind Sie nicht. Eher undurchsichtig. Sie sind die wandelnde Verschleierung. Sie passen sich an bis zum Verschwinden, doch das Motiv ist keine Demut, sondern Ihre heimliche Neigung, alle anderen zu manipulieren. Leider gelingt Ihnen das häufig. Gerade, weil man Ihrer versponnenen Unauffälligkeit kein Tricksen zutraut. Und natürlich manipulieren Sie nicht offen, sondern hinter einer Fassade aus Mitleid und Güte. Das gerade ist das Abgefeimte! Man kann Ihr Taktieren nur spüren, Sie aber nie dabei ertappen. Es geschieht nicht geplant, sondern intuitiv.

Ausgerechnet Ihre Begabung, verborgene Wünsche und Befürchtungen von anderen zu spüren, nutzen Sie, um diese arglosen anderen zu lenken. So bekommen Sie verblüffend oft, was Sie wollen. Sie mimen Unschuld, Schwäche, Hilflosigkeit. Wenn es sein muss, kränkeln Sie. Wir sollen den Eindruck bekommen, Sie seien empfindsames Opfer einer grobianischen Welt. Armes Wesen!, sagen wir, was können wir, dürfen wir tun?

Und schon kümmern wir uns um Sie. So absurd es sein mag, wenn wir eine Weile mit Ihnen zusammensitzen, fühlen wir uns schuldig. Vor allem, wenn Sie aus unbekanntem Grund verstummen. Haben wir etwas Falsches gesagt? Oder etwas Richtiges gesagt, was Sie nicht hören wollten? Haben wir Sie unsensibel behandelt, nicht ausreichend gewürdigt?

Sie lächeln fein. Aber wir sind befangen. Sie rücken nicht raus mit der Sprache. Ein uralter Schmerz ziert Ihr Gesicht. Das ist gekonnt gemacht! Wir fühlen uns gedrängt, Abbitte zu leisten, obwohl wir nicht wissen wofür. Wir meinen, wir müssten irgendetwas zum Ausgleich tun, Ihnen wenigstens eine tröstliche Flasche Wein schenken. Lieber eine Kiste? Na gut.

Sie wirken auf edle Art müde, als niste ein heiliges Fieber in Ihnen. Vielleicht sind Sie auch nur erschöpft von all den aufreibenden Inkarnationen, die Sie hinter sich haben. Und nun kommen wir nassforsche Dummschädel, die wir Ihnen die feinstoffliche Energie absaugen. Sollen wir Sie lieber allein lassen? Hallo?

Keine Auskunft. Sie sind nicht zu packen. Sie werden nicht deutlich. Sie werden nie laut. Sie werden nie klar. Jeglicher Konfrontation ausweichend, verharren Sie in stillem Vorwurf. Ach, wie wir das lieben! Dieses wortlose Ausdünsten von uraltem Kummer und ewigem Unverstandensein.

Bisweilen sind Sie verblüffend redselig, besonders am Telefon. Dann schwadronieren Sie völlig strukturlos, als rinne Ihnen die Sprache aus den Mundwinkeln. Und plötzlich, wegen eines unserer unsensiblen Scherze, verstummen Sie. Im Äther hängt ein schmerzvolles Lächeln.

Wir lieben dieses Spiel. Und Sie können ohne es nicht leben. Unverstanden zu sein, ist wichtigster Bestandteil Ihrer Identität. Verletzt zu werden, gehört zur Rolle des Opfers, die Sie hingebungsvoll spielen. Bleiben Sie so! Passiv, schlaff, leidend. Lassen Sie das Leben so wegleiern. Wir besorgen den Wein.

Ihr sicherer Weg zum Liebeskummer

Das Mariechen, das weinend im Garten saß, das war ein Fisch. Und der Tristan, der sich sehnend auf einsamer Insel verzehrte, die Hütte ganz nah am Wasser gebaut, das war ebenfalls ein Fisch. Tränen vergießen und den Schmerz und die Sehnsucht auskosten: Das ist Fische-Kunst. Ihre Kunst.

Liebeskummer ist nichts, was Sie vermeiden. Es ist das, was Sie suchen. Sie haben diese im Tierkreis ansonsten unerreichte Begabung, Liebeskummer zu finden oder, falls er sich nicht auftreiben lässt, zu schaffen. Einfacher gesagt: Ihre Liebe ist Kummer. Ohne Kummer wäre es keine Liebe. Wie himmlisch!

Wichtig ist als Erstes, dass Sie sich die falsche Person aussuchen. Und da niemand so sensibel ist wie Sie, niemand so seismographisch im Empfinden, so zart im Gemüt, ist das ganz einfach. Jeder ist falsch. Es ist egal, wen Sie nehmen. Sie können mit jedem Partner unglücklich werden.

Trotzdem, um sicher zu gehen, treffen Sie eine gewisse Wahl. Bürgerlich oder normal sollten die Partnerin oder der Partner nicht sein. Er sollte schon in Richtung Problemfall gehen. Prostituierte, Drogenbäcker, Sträfling, Alki, Assi, Flüchtling, Vollwaise, resozialisierter Lustmörder – Sie möchten sich schließlich schmerzensreich aufopfern können. Ohne Leiden fehlt der Sinn.

Und doch, trotz solcher Vorauswahl sind Ihre wichtigsten Liebesziele – ausgenutzt zu werden und Schmerz zu empfinden – gar nicht so einfach zu erreichen. Ärgerlicherweise finden sich immer wieder Partner, von denen Sie freundlich und unterstützend und sogar sensibel behandelt werden. Diese Partner sind in herkömmlichem Sinne liebevoll.

Das ist ärgerlich. Zum Glück verfügen Sie über ein bewährtes Programm, solche Partner zu vergraulen. Sie gehen nicht in die Offensive, das natürlich nicht. Sie bauen einfach Ihre stumme Vorwurfshaltung auf. Sie seufzen matt. Sie sitzen am Fenster und starren melancholisch hinaus. Sie lassen Ihre Depri-Musik laufen. Sie vernebeln die Luft mit Räucherstäbchen. Ihr Partner weiß nicht: Was soll das bedeuten, dass Sie so traurig sind?

Sie wissen es selbst nicht genau. Sie fühlen sich einfach unerfüllt. Etwas fehlt. Ihre Partnerin oder Ihr Partner hat das Gefühl, um Verzeihung bitten zu müssen. Ja, es stimmt, sie oder er hätte mehr für Sie tun können. Aber was? Von Ihnen kommen nur vage Andeutungen. Sie sehen selbst nicht klar.

Liegt es womöglich daran, dass Ihr Partner zu gesund und heiter gelaunt ist? Erst wenn jemand schlecht dran ist, geht Ihnen das Herz auf. Ihrem Partner geht es gut? Das ist ungünstig. Dann fühlen Sie sich nicht gebraucht. Sie möchten helfen, und jemand, der keiner Hilfe bedarf, ist Ihrer nicht würdig. Also servieren Sie sie oder ihn ab. Vermutlich sagen Sie nicht, weshalb. Höchstens äußern Sie etwas Hochtrabendes wie »Mein Herz fühlt sich bei dir nicht richtig aufgehoben«.

Und dann muss die arme Frau oder der Mann miterleben, oder es spricht sich herum, wie Sie irgendjemanden aus der Gosse lesen, den Sie päppeln und aufrichten können und der Sie dann schuftig behandelt, anbrüllt und betrügt. Schwer vorstellbar, dass Ihr Herz sich da besser aufgehoben fühlt. Oder dürfen Sie da nachts Sklave oder Sklavin sein, Extremes, Verbotenes, Perverses probieren?

Ist es das, was Sie in den asozialen Grenzbereichen nach Liebe suchen lässt? Es geht uns nichts an. Wir wissen nur: Etwas zieht Sie immer wieder weg aus der frohen Welt und treibt sie magisch in die Welt des Kummers. Was es auch ist, es ermöglicht Ihnen die Befriedigung Ihres wichtigsten Liebesgefühls: des Masochismus.

Vermutlich äußern Sie Ihren Freunden gegenüber dann noch Prophetisches wie »Ich spüre, ich werde geführt« oder »Dies ist meine Dualseele aus früheren Leben«. Mit solchen Erklärungen sind Sie vollends ungreifbar in Ihrem geheiligten Märtyrertum.

Haben Sie schon mal daran gedacht, wie es Ihren armen Eltern dabei geht? Die damals Ihr empfindsames, träumerisches Wesen so entzückend fanden? Sie haben an Ihre Eltern gedacht? Und die sind bald pflegebedürftig? Kein Wunder. Aber schön für Sie. Da winkt ein weiteres schmerzliches Betätigungsfeld.

Also schwärmen Sie weiter, säuseln Sie, sehnen Sie sich anderswohin. Kokeln Sie mit Ihren Räucherstäbchen, spielen Sie Sphärenmusik, lassen Sie sich von Ahnungen leiten und von Engeln führen, geben Sie sich Scheusalen hin, die Sie für duale Gesandte halten, lassen Sie sich verführen, ausnutzen und nach Herzenslust bestrafen.

Und weinen Sie. Weinen Sie sich den Schmerz dieser Welt aus den Augen. Wenn jemand dazu berechtigt ist, dann Sie. Sie haben es verdient. Und rufen Sie uns gern schluchzend an. Sie dürfen sicher sein, wir verstehen Sie nicht.

So schaffen Sie den beruflichen Abstieg

Sie sind überall einsetzbar, wo Helfer und Samariter benötigt werden. Ehrenamtliche, natürlich. Denn für Ihr Selbstwertgefühl ist es unverzichtbar, dass Sie gebraucht und nach Gutdünken ausgenutzt werden. Erstens können Sie dann seufzen, zweitens mitfühlend leiden und drittens Verantwortung meiden.

Dass Sie unpraktisch sind, hat jeder Ihrer Arbeitgeber nach kurzer Zeit festgestellt. Das zeigt sich auch im Privaten. Wer Ihre Wohnung betritt, bemerkt eine romantische Kuscheligkeit, möchte Ihnen aber sofort eine Putzhilfe sponsern. Viele Besucher, hört man, greifen bei Ihnen, bevor sie sich setzen, zu Staubsauger und Putzlappen. Ist das ein Trick von Ihnen? Dann fehlt Ihnen nur noch jemand, der Ordnung in Ihre Papiere bringt.

So ähnlich gestaltet sich Ihr Arbeitsplatz. Sie stellen einen kleinen Buddha auf, dekorieren die Lampe und richten sich Delphinfotos als Bildschirmschoner ein. Fehlen nur noch die Walgesänge. Dann ist für Sie schon das Wichtigste geschafft. Von nun an werden Sie undurchschaubar vor sich hin wursteln.

Man hat Sie eingestellt, weil Sie den Anschein erweckten, Sie seien freundlich und ließen sich mühelos führen. Tatsächlich zeigen Sie wenig Ehrgeiz, eine bestimmende Rolle zu spielen. Sie mucken nicht auf. Sie ordnen sich unter. Das freut die Chefs und alle, die es werden wollen.

Sprachforschern ist aufgefallen, dass Fische-Geborene am seltensten von allen Zeichen das Wort »Ich« benutzen. Bereits Fische-Kinder lernen dieses zentrale Wort später als alle anderen. Ellbogen und Ego-Trip braucht also niemand von Ihnen zu befürchten. Etwas anderes stört und wächst allmählich zum Trennungsgrund: Es kommt nichts heraus bei Ihrer Arbeit. Sie legen keinen Wert auf Ergebnisse. Sie wissen nach kurzer Zeit nicht mehr, was eigentlich das Ziel Ihrer Arbeit war.

Stattdessen erweisen Sie sich als geduldiger Zuhörer für die Probleme Ihrer Kollegen. Immer sitzt jemand bei Ihnen und plaudert. Man sieht Sie einfühlsam nicken. Sie verstehen ja alles, besonders Kummer, Sorgen und Nöte. Davon können Sie gar nicht genug bekommen. Wenn Sie sich schließlich – falls noch Zeit bleibt – Ihrer eigentlichen Arbeit zuwenden, kommt sie Ihnen leblos und zweitrangig vor. Sie wissen gar nicht mehr, warum Sie das tun sollen.

Dieser Umstand entgeht auch denjenigen nicht, die Ihr Gehalt zahlen. Und so gehören Sie mit Ihren Fische-Kollegen zu den häufigsten Jobwechslern im Tierkreis. Fische führen auch die Statistik der Studienabbrecher an. Ob Sie das Ziel aus den Augen verlieren oder einfach nur die Nächte verzechen, Sie stellen jedenfalls Ihre Referate nicht fertig, schließen Hausarbeiten nicht ab und versäumen die Anmeldung zum Examen. Und schließlich halten Sie dauerhaft und mit Abstand die Number One in der Top Ten der Sozialhilfeempfänger.

Und nun wollen Sie, so wird gemunkelt, ausgerechnet Sie, eine Fähigkeit an den Tag legen, die den Fischen von den klassischen Astrologen schlichtweg abgesprochen wird: Sie wollen zeigen, dass Sie sich selbst ernähren können. Wirklich? Stimmt das? Oder wurde dieses Gerücht nur von Ihren Eltern gestreut, denen Sie immer noch auf der Tasche liegen?

Was wollen Sie denn machen? Irgendwas Gutmenschenhaftes? Gestrandete retten, Gefallene aufrichten,

Süchtige beraten, von Gleich zu Gleich? Es würde passen, aber Geld gibt es dafür nicht. Was dann? Ihre Hinterglaskunst und Seidenmalerei werden Sie selbst bei eBay nicht los. Ihre Songs, hat man geheuchelt, müssten unbedingt produziert werden. Aber bare Münze will dafür keiner hinlegen.

Ihre Idee mit dem vegetarischen Küchenservice findet zuwenig Unterstützung. Ihre Fähigkeit, die Frisur nach der Aura zu schneiden – oder stutzen Sie umgekehrt die Aura nach der Frisur? –, wird nicht ausreichend honoriert. Sie können massieren, das schon, aber Sie sind so selten erreichbar. Als erschwerend erweist sich Ihre Neigung, Ihren Fleiß nach dem Mondkalender zu richten. Meistens steht der Mond falsch.

Seit Sie als Kind schlafwandelnd durchs Haus geisterten, geht die Sage, Sie hätten mediale Fähigkeiten. Sie könnten Leute in frühere Leben zurückführen, die Botschaften des Ururgroßvaters übermitteln und sich dicke Schwarten aus dem Jenseits diktieren lassen. Tatsächlich ist unter den eingetragenen Hellsehern das Sternzeichen Fische am häufigsten. Ebenfalls bei denjenigen, die hauptberuflich die Aura reinigen oder stockende Chakren zum Schwingen bringen. In jedem Fall zahlt das Sozialamt.

Das Sozialamt sind wir. Und für Sie sind wir es gern. Dass unsere Steuern zu Ihrer Unterstützung verwendet werden, das stimmt uns heiter, das macht uns froh.

Aber sagen Sie, da müsste doch jetzt mal eine Massage drin sein? Handfest bitte, wenigstens Nacken und Schultern, nicht nur die Chakren! Und murmeln Sie nicht wieder: »Entschuldigt, dass ich geboren bin.« Kommen Sie einfach her, packen Sie an, legen Sie los!

So können wir Sie ködern und beerben

Indem wir Ihre zarte Künstlernatur rühmen.
Indem wir Sie zum besten Zuhörer der Welt erklären.
Indem wir behaupten, Sie hätten uns gefehlt.
Indem wir gemeinsam mit Ihnen das Leid ertränken.
Indem wir Sie um Verzeihung bitten. Für alles.
Indem wir Sie mit Ghandi und Mutter Teresa vergleichen.
Indem wir uns von Ihnen helfen lassen.
Indem wir versprechen, Ihr Erbe unter den Armen zu verteilen.
Tipp für Erben: Fische-Geborene vergessen, wo sie Geld versteckt oder angelegt haben. Bestände möglichst schon zu Lebzeiten sichern.

Häufige Todesarten

Bei Betrachtung des Mondes aus dem Fenster gefallen.
Beim Versuch, nur von Licht zu leben, verhungert.
Auf der fortdriftenden Luftmatratze eingenickt.
Schlafwandelnd vom Dach gestürzt.
Verschollen in den Nebeln von Avalon.

Ihr Grabspruch

Eines von den Weinchen war wohl schlecht.

Typische Fische

Karl May, Phantast
George Harrison, Jammersänger
Marianne Rosenberg, Jammersängerin
Michail S. Gorbatschow, Staats-Auflöser
Falco, Drogenmusiker
Liz Taylor, Entzugs-Abonnentin
Liza Minelli, Entzugs-Abonnentin
Osama bin Laden, unsichtbarer Schläfer-Chef
Karlheinz Böhm, Experte für Leid
Nina Hagen, Spiritistin